追赶与呼喊

倪学礼 著

陕西师范大学出版总社

图书代号 WX18N0263

图书在版编目(CIP)数据

追赶与呼喊／倪学礼著. — 西安：陕西师范大学出版总社有限公司，2018.3
ISBN 978-7-5613-9876-0

Ⅰ.①追… Ⅱ.①倪… Ⅲ.①长篇小说—中国—当代 Ⅳ.①I247.5

中国版本图书馆 CIP 数据核字(2018)第 051963 号

追赶与呼喊
ZHUIGAN YU HUHAN

倪学礼 著

责任编辑	彭 燕
责任校对	雷亚妮 郝宇变
出版发行	陕西师范大学出版总社
	(西安市长安南路 199 号 邮编 710062)
网 址	http://www.snupg.com
印 刷	西安市建明工贸有限责任公司
开 本	850mm×1168mm 1/32
印 张	6
插 页	2
字 数	120 千
版 次	2018 年 3 月第 1 版
印 次	2018 年 3 月第 1 次印刷
书 号	ISBN 978-7-5613-9876-0
定 价	48.00 元

读者购书、书店添货或发现印刷装订问题,请与本公司营销部联系、调换。
电话:(029)85307864　85303635　　传真:(029)85303879

好小说的两个标准(序)

阿 来

关于好小说,或者说值得一读的小说的标准,在今天已经变得非常纷繁复杂。很多时候,这些标准还彼此消解与冲突。这些消解与冲突原本只会造成专业研究者自身的困扰,但在这个所有行业都有专家的时代,人们往往在未了解事实(对文学来说,就是读者未接触到具体文本)之前,就会听专家的意见,并且逐渐养成了先听权威意见的习惯。于是,这些标准间的彼此消解与冲突,也就影响到很多小说的读者,造成了阅读上的莫衷一是,引起某种标准的混乱并因为标准的复杂纷繁而使人们失去自我判断的自信。

其实,人们不只在阅读时失去自我。

"自我"在今天已经是一个极为可疑的东西了。

所谓"自我",是由一些流行的潮流所规定的。"自我"

并不是出于内省基础上的坚持,或者基于某种坚守的内省与修为,而是看能否融入某一种时尚流行的潮流。时尚杂志说,梳一个什么样的发型可以表达自我,于是人们就群起用发胶塑造这种发型。穿衣顾问说,把衣服穿得像一个流浪汉,就很"混搭",很"个性",于是,街上就立即出现用这种方式体现自我的人群。同样,在这个时代,阅读什么样的小说,认定什么样的小说是好的或者说真的值得一读的,也不再出于读者主动的选择与判断,而由成功操纵媒体的那些看不见的手来指引。按这些指引来消费,就是品位,就是流行,就是时尚,阅读也越来越具有强烈的消费色彩。所以,好小说就根据流行的需要,被创造出越来越多的标准。搞笑是一种标准,脱离百姓生活实际的纸醉金迷是一种标准,官场的厚黑是一种标准,假主旋律之名而能多多耗费公帑也是一种标准……

其实,以我的浅见,古往今来,好小说的标准无非是两种。

一种,有没有创造出一种新的人物形象,并通过这样的形象表达了作者对于某一个时代社会生活的感受与思考。

再一种,有没有在小说这种文体上的一定的创新。

如果按这样的标准下判断,就可以确定,眼下倪学礼的这本小说《追赶与呼喊》是一本值得一读的好小说。因为它至少成功地达到了第一条标准:创造出了一个全新的人物。用有些老套的话讲,就是"在文学画廊中成功增加了一个全新的人物形象"。

这个形象是一个不可能胜利的胜利者。

在过往有知青出现的小说中,有文化、有城市背景的上山下乡知识青年们,相对于蒙昧乡村的乡民来说,总是强大的。即使一时间因为体力上或政治上的原因,处于弱者的地位,他们所拥有的文化也会使他们自然显示出另外一种强大。而且,相对乡民来说,城里来的知青都是胜利者,因为在那些小说中,知青们最后终于都离开乡村,胜利大逃亡回到了城市。那些爱上男知青的乡下姑娘呢?那是回到城里后的男知青重新成家立业后一种遥远的情感回响:"村里有个姑娘叫小芳","谢谢你给我的爱,让我度过那个年代"。

这就是,中国城市对待乡村的基本态度。

但是这部小说,让我们看到了一个全新的"小芳"。

质朴、开朗、坚韧,而且,对他人富于理解与同情。

正是这样的品质,使她没有被上了大学的男知青抛弃在乡下。

到了城里,她也因为乡村给她的美丽心灵,非但没有被城市冷漠的人情与规则所吞没,反而用她敞亮的、富于同情的心化开了城里人的蔑视、自私与猥琐,最后,竟因为自己生命力的顽强反过来成为这些人的同情者与施予者。对她丈夫,对她丈夫的父母,对她丈夫的姊妹,莫不如是。

作者在小说中令人信服地塑造了一个生活中不可能胜利的胜利者。我想,这既是由于作者娴熟的写作技巧,更是基于他对于生活、对于人生独到的感受与宽广的理解,而不是在同类题材中相互因循，相互模仿，相互生发。

于是，我们才从同类题材中，得到了小麦这样一个少有的健康温暖的文学形象。

是的，这个形象清新自然，带着乡村广阔土地全部淳朴而健康的气息。

接下来，我们可以讨论关于好小说的第二条标准——有关于小说的文体。

看这部小说的时候，我觉得它的画面感，它人物行动的方式，它的起承转合，很像是一部电视剧。后来，举荐这本小说的出版方果然说，电视剧即将上演。我推测，也许是作者心里存着电视剧在写这部小说。甚至还有可能，先有电视剧本，再将其改写成小说。过程怎样，其实无须过问。要说的是，自影视市场蹿红以后，小说写作，大致已可以分为两类：一类，可以改编为影视剧的小说，或者干脆就是为改编而写的小说；再一类，是忘记有影视剧这回事，或者索性规避着影视剧的路数的小说。我不想对这两类小说孰高孰低下一个贸然的判断。但我得说，过于往电视剧的路数靠近，往往会使小说文体的创新性受到某种抑制与局限。这本小说，自然也就存在这样的遗憾。

但是，就因为小说塑造了这样一个别开生面的主人公，它起码是一本好看的、有价值的小说。

我们会记住，读过一本小说，它的主人公是可爱可敬的小麦。

二蛋给林木戴了一顶高帽,因为这顶高帽,让林木一顿饭付出了二十五块钱的代价。

二蛋从乡里给林木捎回了北京某大学中文系的录取通知书。他跑到生产队的广播室在广播里把通知书念了一遍。他念完了还说,林木考了全县第一,这要在过去,起码是个榜眼,皇上都要摸头顶的;这么大的喜事,这要在过去,林木最少得摆三天酒席。我们就等着喝林木同志的喜酒了!

林木的魂儿被二蛋在大喇叭里吹上了天。他咬着牙拿出三十块钱让小麦去供销社打了酒买了肉,在家里摆了十桌酒席。让一户出一个代表,大家咧开腮帮子随便吃喝,撑死为止。

小麦娘没来喝女婿林木的喜酒。她隔着院墙探头探脑地往女儿小麦家看。她看小麦忙里忙外的,还唱着小曲儿,一下子急眼了。她把小麦叫到跟前,说,林木那面子就那么值钱啊?二蛋一顶高帽子他就造进去好凡十。他傻你也傻啊! 小麦悄悄对娘说,你以为林木不肝儿疼啊,他不是没办法嘛。二蛋攥着录取通知书呢,林木不出点血,他死活不撒手。娘说,你炖菜时多放肚囊子上的肉,块儿大一点。小麦问,为什么?娘说,肚囊子上的肉又腥又腻,这帮玩意儿一人吃一块就立马儿顶住了。

小麦在切肉时偏偏把肚囊子留下了。

林木穿着一条已经磨破屁股的人造革皮裤出场敬酒了。大舅哥大仓把林木拽到边上,指着他的身后说,都露屁股蛋子啦,赶紧回去换了!小麦过来了,说,这是林木最喜欢的一条裤子了,打从北京来的那天起,他每年冬天都穿它,你就别管他了。大仓说,那也不能光腚啊。林木说,我光腚来,我光腚走。大仓说,你倒想光腚走!这时,有人朝林木开玩笑说,林木,菜里的肉全是肥的,瘦的是不是让你和小麦在被窝里啃了?林木撩开上衣指着肋骨说,想吃瘦的,都在这儿呢。二蛋对那人说,你们就知足吧,林木没从自己屁股上割一块肉给你们吃就算对得起你们了。二蛋还讲了林木的一个笑话:林木刚来小西沟时,见到母鸡下蛋,很是惊奇,每天跟在母鸡身后研究,为什么它吃了粮食就能下蛋而人吃了粮食只能拉屎?为此,林木有一段时间一吃完饭就端坐在炕上等着下蛋!

酒足饭饱后,二蛋终于拿出了录取通知书。林木捧着它,浑身哆嗦,出了一脑门子汗。

林木一个人来到了小西沟的后山上。他对着远处的村子,一声一声地喊,小西沟,你欠我的,终于还我了!老天爷,你欠我的,终于还我了!

林木把装录取通知书的信封用枯草拴在一棵小树上。看着它,他的眼睛蓝了脖子红了腿软了头大了,他闭上眼使劲儿扇自己大嘴巴,扇着扇着觉得不对劲儿了,大巴掌抡得比原来更圆更有力度节奏也更快了。睁眼一看,早换人了。是大仓在扇,都把鼻血给他扇出来了!

见血了,大仓才停了。一个急了、一个蒙了,对话就带着一股大糙子味儿、一股二百五劲儿。

你当初跟我妹好,我们全家人都不同意,是吧?是。你当初把我妹肚子搞大,我们全家人都没赖你,都想把孩子打了,你拦着,是吧?是。你当初跟我妹结婚,我们全家人都坚决反对,是吧?是。你知道我们为什么这样做吗?是。我们就知道你们这些城里人没安好心,早晚得翻蹄亮掌往死里蹬人!你现在飞上高枝了,花花肠子悔青了,要拉驴屎了,是吧?是,啊,不是!你要是敢蹬了我妹,除非红山变黑西拉木伦河水倒流克什克腾草原吹成沙地,不然,你就是白日做梦,你就是白日做梦!

大仓打完骂完,下山了。他是去找老王家的长辈们到他家开会。他们老王家有个习惯,遇到重大事情,一定要由每户当家的集体讨论后才作决定。林木呢,则瘫坐在山顶上。

就小麦的问题,王家人召开了第一次会议。他们首先诉说这些年对林木的好,诸如给他盖房子帮他干苦力支持他考大学。然后声讨林木的坏,诸如他虚头巴脑、抠抠搜搜、好耍嘴皮子,还心眼儿小。小麦一直在旁边逗两岁多的女儿林丫丫玩,还不停地"嘎嘎嘎"大笑着,好像会议跟她没什么关系,甚至还有好几次搅和得会议停下来。只是说到支持林木考大学时,她插了一句,你们怎么支持人家考大学来?大家都无话可说了。三爷爷说,我们没拦着他,让他考了,就是支持他了。大家都说,对对对,我们没拦着他,就是支持他了。小麦笑着说,是啊,没你们,他考不上。在生产大队当副书记的二大爷说话了,按规定,报考年龄不超过二十五周岁。像他那样超年龄的,除非有丰富实践经验、有特长,条件才可以适当放宽。他有什么特长?一干活,拉屎的架势都出来了!没我签字,他能报上名吗?小麦笑着说,那我给二大爷磕头了。说完,她拉开架势就要磕。可是想了想,又笑着对三爷爷说,三爷爷,这不年不节的磕头,是不是损二大爷的寿啊?三爷爷说,我还在这儿,给他磕哪门子头!

小麦自然就不磕了。会议又继续了。话题又扯到林木的酒席上。林木一顿酒席吃掉了一家人小半年的嚼谷,这也太张狂了;林木平时放个屁蹦出个豆来都恨不得捡起来吃掉,连三爷爷也没喝过他一口酒,这次打肿脸充胖子打了二十斤酒请一些两旁世人,简直是不知道自己姓啥了。大仓说,看他那劲头,为了上大学,他什么都可以豁出去。

小麦坐在热炕头上抱着丫丫睡着了,还打起了呼噜。

娘叹了口气,说,这丫头从小屁眼儿就大,哪天拉屎不注意,非把心给拉丢了不可啊。

一直在抽烟的爹骂了一句,放你妈的冒烟儿屁!

娘骂了很多句。比如,丫头结婚时开会你就一个屁不放,现在出了这么大的事,你还是一个屁不放。你说你天天吃那么多五谷杂粮,难道你就没屁?你憋着它干啥?你是不是留着睡觉时在被窝里自己独吞啊!云云。

娘说完,转身一脚把小麦踹醒。娘说,火都上房了,都燎屁股了!小麦揉了揉眼睛说,我看你们的会跑题了。林木又没说不要我,你们开他的批斗会干什么?三爷爷说,也是啊。现在的主要问题是,放林木一个人走还是让小麦跟他一块儿走。二大爷一拍大腿,说,别看咱们小麦平时傻乎乎的,关键时候还挺会拿主意。

大家围绕小麦提出的问题展开了激烈的争论。意见分两派。主张小麦一定要进城的,原因是不能便宜了林木;主张小麦不能离土的,原因是她一没户口二没工作,进了北京那大营子没法儿活不说,早晚得让林木给蹬了。大仓坚持前一种意见,他说,口粮算什么问题,每年新粮下来了,我可以给我妹送一麻袋去。爹拿烟袋锅敲了大仓的脑袋,大仓才闭嘴。娘提出一个大胆而且可行的建议:把林木扣下,别让他去上大学!

竟然有很多人支持这个建议!

小麦大叫,你们敢!他好不容易才考上了大学,可以离开这儿啦!他本来就是凤凰,你们凭什么让他老趴在鸡窝里!

第一次会议就这样无果而终。

知青点原来有九个知青。两个招工走了,一个"病转"走了。还剩下六个人。林木考上了北京的一所大学,陈红梅考上了本地区的师专,蒋东升、杜鹃、秦朝阳等落榜的三人正在挖窟窿掏洞往回办调动,压根儿没报考的王干,爸妈在"文革"中自杀了,他成了孤儿。实在没辙儿就扬言要自残——弄了副一千度的近视眼镜整天戴着,准备哪天看不见道儿两眼一抹黑了,就办"病转"。

林木趴在知青点宿舍的大炕上,哭得死去活来,一个劲儿地说,总算要离开这王八犊子地方了,这王八犊子地方差点碎了我的梦,这王八犊子地方差点要了我的命,这王八犊子地方差点毁了我的一生!哭完了,又酸溜溜地说,没走的时候,天天盼着走,要走了,又有点舍不得这片土地了。杜鹃说,你是舍不得小麦那片土地吧?林木说,哪片土地我都舍不得。秦朝阳正为一时走不了窝火呢,就说,这鬼地方你还没待够啊,临走了身上还要带一嘟噜子泥巴啊,还不脚底板儿抹油啊!蒋东升说,林木,你不打算领小麦啊?那她和丫丫怎么办?陈红梅一本正经地说,林木,你可不能当现代陈世美啊,那样的话,我们女民兵可不答应。一直在实施自残行动的王干一声不吭。秦朝阳对王干说,反正你喜欢小麦,干脆你接手算了,肥水不流外人田嘛,你就在这片田地上彻底扎下得了。王干二话不说,把炉子上的一盆开水泼了过去,多亏他眼神不好,泼偏了,要不,秦朝阳就让热水给燀皮毛了。

第二天上午,陈红梅约林木在知青点会议室谈了一次话。谈话纯粹是同志式的,没有掺杂个人情感。她劝他一定要跟小麦离了婚再走。他惊呼,为什么?她说,道理很简单,你是城里人,小麦是乡下人,抛开你马上就是大学生了不说,你们一出生,各自的身上就背上了不同的烙印儿,这烙印儿你一辈子都挖不去!你要真对她好,就别把她带到城里去伤害她!他说,我为什么要伤害她?陈红梅说,因为你早晚得把她甩了,到那时候,你让她在北京要饭啊?

林木张大嘴愣在那儿。陈红梅趁机从兜里掏出个柿饼子塞到了他嘴里。

傍晚,小麦来到村西外的小河边。河水早就上冻了,在夕阳的映照下,泛着清冷的光。羊群在田野啃食着庄稼茬子,寒鸦在远处叫着。

林木也来了,他挨着小麦坐下。他俩长时间地看着天边。

小麦突然说,刚开始你把晚霞叫天边的火焰把白云叫天上的羊群把小河叫地上的玉带,当时我还觉着你胡转你矫情,因为我们农村女人天天围着灶坑转天天在田里苦受。在我们眼里,火焰就是火焰晚霞就是晚霞白云就是白云羊群就是羊群,谁会想那么多?后来我就明白了,你那是在想家啊。

微风吹过来一阵阵干枯的稗草或者谷草的清香。

小麦继续说,谷草味,好香啊!林木,你还记得吧,我从建平我姑姑家念书回来,听说队里来了知青,并且第一个就听说了你,我跟你说过的。林木摇摇头。小麦说,人家跟我说,知青点有个人跟牲口一样,一到晚上就嚼谷草。林木说,我那是有原因的。小麦说,我知道。冬天大雪封山了,你们去不了县城,买不成牙膏、香皂什么的,你没法儿刷牙,就嚼谷草漱口。你说你嚼就嚼吧,干吗去马圈嚼呢!林木说,我不去马圈还在屋里啊,让他们知道了还不得给我戴上嚼子然后骑上我漫山遍野跑去啊!

小麦"嘎嘎嘎"地大笑,直笑得在田里觅食的寒鸦扑棱棱地飞了。

笑完了,小麦说,当时我就觉着你好玩儿,心想,哪天我得把你抓来玩玩。林木用手打了一下小麦的头。小麦继续说,因为谷草,我认识了你。你觉不觉得,我俩跟谷草有缘啊?我俩第一次约会,也在谷草垛里。林木说,你还说呢,害得我在草垛后面蹲了一宿。小麦说,你给我写纸条说要到场院跟我约会,我又不知道约会是什么,我还以为是藏猫猫呢,就藏到谷草垛里去了。谁知道刚藏进去,就听见看场的人来了,我又不敢出来。现在想想,那时真傻啊。林木说,你现在不傻啊?小麦说,我傻吗?我怎么没觉得?林木说,你还记得我们第一次接吻吗?小麦大笑说,第一次接吻把我吓坏了,心想你对我太好了,要给我舌头吃啊,我想,那我得好好尝尝,它跟猪口条有什么不一样的。要不是你反应快,我差点就一口咬掉你舌头了。我是有点傻啊!林木说,最可气的是,我们结婚那天晚上,我抓你衣服,你大叫着跑出家门,喊什么抓流氓啊抓流氓啊!弄得巡逻的民兵把我抓了,差点给我挂一双破鞋去游街!

小麦已经笑翻了,她边笑边跑,林木起身去追。他俩在田边的一棵大榆树下停下来。月亮出来了,挂在树梢儿上,他俩静静地看着。

半天,小麦说,你跟我说过,一直往天边走就是北京了。是啊,你该回北京了,你该回家了。林木说,那你呢?小麦说,嫁鸡随鸡,嫁狗随狗,我现在自然是鸡随狗跟了!林木说,难道我现在是鸡吗?小麦笑着说,你现在是凤凰!林木沉默了一会儿,说,我爸妈家房子小,人又多,一个萝卜一个坑儿,你和丫丫去住哪儿啊?小麦说,北京那么大的大营子还能没我们娘儿俩一个住的地方?我不信!林木长叹一声。小麦说,你现在是不是特后悔跟我结婚啊？林木说，什么话啊！

回到家里，小麦偷偷地从箱子里翻出了林木的录取通知书，把它装在了兜里。

二大爷来知青点宿舍串门，正好赶上陈红梅和杜鹃在家。闲聊了几句，陈红梅就知道二大爷此行的目的了。陈红梅有意聊起了北京。陈红梅讲了北京人怎么怎么瞧不起外地人北京户籍管理怎么怎么严在北京生活怎么怎么难连拉屎撒尿都得要票等等。陈红梅还说，去年我回家探亲，因为晒得太黑了，居委会的人愣没认出我来，差点把我当盲流给抓起来！二大爷问，那外地人去了北京咋办？陈红梅说，有公社介绍信的可以住店，没有的不是被收容遣送回原籍就是被送到劳改队去干活。虽然二大爷一直以为自己很有见识，但还是让陈红梅给聊蒙了。

二大爷来找小麦和小麦爹商量小麦和林木的事。二大爷开门见山地讲了他了解到的情况，坚决不同意小麦跟林木走！小麦跟没事儿人似的只管"吭哧吭哧"啃她的大萝卜，啃完了，说，你们不让我走，要我留在小西沟守活寡吗！说完，扬长而去。小麦爹说，这孩子傻大胆儿，她要干的事，一头牛也拉不回来。二大爷说，那就用两头牛。看样子，二大爷心中已经有那两头牛了。二大爷说，让林木出五百块钱，留着以后丫丫上学用，然后小麦跟他离婚，他滚蛋。小麦爹说，离了婚，咱闺女这辈子不就搁家里啦？二大爷说，让她去建平再找人嫁了。小麦爹说，要是林木拿不出五百块钱呢？二大爷说，就按小麦娘说的办，他林木也别走了，就在小西沟顺着垄沟找一辈子粘豆包吃！

二大爷跟林木摊牌了。林木一听就火了，说，谁说我要跟小麦离婚了？二大爷说，你不离也得离。二大爷走了。林木自言自语，抽了我的筋剥了我的皮，我也凑不齐五百块钱啊！

林木弄了半瓶散酒又兑了半瓶水，拎着瓶子去知青点宿舍喝了。大家都知道，喝一顿少一顿了。因此，气氛有点沉闷。林木一个劲儿地说，你看我这就要走了，把你们丢下，有点不仗义啊。林木一会儿拍着胸脯子说一回北京就为秦朝阳联系工作，一会儿挥着大手丫子说上了学就为杜鹃搞复习资料，一定支持杜鹃考上大学。王干说，林木，你就吹吧，皮裤都让你吹烂了！一来到小西沟，你就说给我介绍对象，介绍来介绍去都介绍到你被窝子去了，我的对象呢？

林木还计划着把自己那些没用的破烂儿卖给伙伴们，其中包括那条已经被他穿烂的人造革皮裤。可是谁买他那些破烂儿啊！王干想买林木的口琴，那林木哪舍得啊？

陈红梅一边喝着酒还一边打着毛衣。蒋东升开玩笑说，红梅，依我看，你那点毛线只够织一件婴儿毛衣，你莫不是有了吧，谁的啊？因为这句话，秦朝阳几乎跟蒋东升翻了脸。杜鹃猜测,陈红梅的毛衣是给秦朝阳织的。秦朝阳偷着乐了。

林木有点喝多了。他站起来背诵了一首舒婷的《致橡树》。然后又趴在桌上哭了。陈红梅眼圈也红了。

小麦来知青点宿舍找林木回家。林木四仰八叉躺在大炕上,已经有点潮了。她怎么叫他,他都不起来,说什么今天就睡在这儿。她怕大炕太热,煲坏了他,愣是背着他走了。在农村,因为喝醉酒被大炕煲死人的事时有发生。

大家对小麦一阵嘘唏。王干说,林木这狗东西哪辈子修来的福气!

王干身上有股臭味儿不说,棉裤里还有虱子。他把手伸进裤裆里掏一把,就顺利地抓出一只来,对着电灯在手上把玩一阵后装进一个罐头盒里。他已经养了五六年虱子了。据他观察,一只虱子能活十年。在恶劣的环境里,人不知不觉就异化了。可怕的是,身在其中的人对此往往不自知。大家对王干养虱子,早已见怪不怪了。

不过今天有点反常。蒋东升竟然看不下去了。他让王干把罐头盒扔了,还说,你看看你有多么肮脏多么龌龊多么不堪,你再看看人家林木,每天脸上搽雪花膏嘴里含野茉莉,箱子底下还压着几十种野花,跟人家一比,你简直就是一堆大粪。当然了,说归说骂归骂,王干依然把罐头盒放进了热被窝。

林木被弄回家,一会儿要尿一会儿要吐,折腾到后半夜。

小麦一直伺候他,连眼都没合。凌晨时,他醒了,看着蜷缩在自己怀里的她,一阵冲动,老鹞子抓小鸡一样,把她按在了身下。

亲热过后,小麦从枕头底下掏出一把钱在林木眼前晃了晃。她说,你昨天夜里叨咕了一晚上"这次亏了这次亏了",没亏!大家都拿了礼钱,每家五毛,刨去花销,还剩十五块呢!他说,谁让你在大庭广众之下收钱来,我林木请顿客,还让大家凑份子,寒碜不寒碜!她说,我去挨家挨户请人时收下的,我还说了,千万不能让我们家林木知道,他知道了准跟我急眼!林木说,傻媳妇儿,你什么时候变得这么会算计啦!

小麦叫杜鹃一起去山上捡粪。从杜鹃那儿,小麦了解到在北京买什么都要票,布票啊粮票油票啊肉票啊,五花八门的。小麦问,去茅房拉屎撒尿也要票吗?杜鹃说,那倒不要。小麦问,我没户口去北京的话,会不会给抓到劳改队去干活啊?杜鹃说,没那么悬乎,你没户口林木有啊,但你一个人上街的话倒是有可能被收容被遣送。小麦说,这么说陈红梅是在吓唬我二大爷了?杜鹃说,你要真去北京,一定得想好了,没你想的那么容易,林木家人口多,你和丫丫要是再去,恐怕连个睡觉的地方都没有。小麦说,睡个觉哪儿凑合不了?在咱们农村,马圈和场院都能睡!杜鹃说,你没去过城里,城里还真没有类似咱们农村的马圈和场院。

13

小麦和杜鹃从山上回来,路过知青点宿舍时,小麦的肚子突然疼了起来。杜鹃一问,原来是小麦来了例假,每到这个时候就往死里疼。杜鹃跑到宿舍,给小麦包了一小包红糖让她回去冲水喝。

小麦攥着那包红糖回到家时,外面的报纸早烂了。她随手从兜里掏出林木的录取通知书包在报纸包的外面,之后,把那包红糖藏在了墙洞的香炉里。

林木已经凑了将近一百块钱了。也许他觉着离二大爷给他定的目标近了,攥着一百块钱心里"咚咚咚"地跳。仿佛,他真的要离开小麦了。越是这样,他越是舍不得。白天,她去哪儿,他就去哪儿,一步不离。从几年前,她跟他好上以后,就开始讲究了,不在家里蹲茅坑了,去山上方便了。现在,她去山上方便他都跟着。村里的妇女们都追着他俩看热闹。晚上,他俩早早地就钻进被窝,比新婚的人还疯,惹得村里的小伙子们都来听窗户根儿了。二蛋甚至跑到知青点宿舍描述了林木和小麦在炕上的动静。陈红梅听了之后说,你别在这儿狗戴嚼子胡勒了!二蛋辩解说,我是亲眼所见啊,把炕都弄塌了,我刚刚把炕给他们修好的。

陈红梅的毛衣刚起了个头,毛线就没了。她就撺掇秦朝阳去二大爷家偷羊毛。因为二大爷有些权势,就偷偷在家里养了绵羊。反正是割草喂养,大队也不管。这几年,有点势力的人家都偷着养了。二大爷家的狗特厉害,秦朝阳害怕,他就拉林木跟他一块儿去。林木跟他狼狈为奸那是有条件的:借给林木五十块钱。

半夜,两个人反穿着羊皮袄,翻墙进了二大爷家的羊圈。他们给羊喂了咸盐,羊们就不叫唤了。很容易就把羊毛都给剪了。这有点恶毒了,大冬天的,把羊毛给秃噜光了,这不是要活活冻死它们嘛!

二大爷家的四只绵羊好好地圈在圈里,一夜之间竟然变成了秃瓢。二大爷不干了!

人们自然怀疑到知青们的头上。知青们刚到村里时对什么都感到新鲜,喜欢瞎琢磨。业余时间又没事干、无聊,就老是恶作剧,偷个鸡摸个狗的,一来二去还探索出了一套"小偷小摸"的办法来。比如,趴在高粱地里用铁钩子钩西瓜地里的西瓜;端一盆草木灰把铁锨在草木灰里预热后伸到鸡窝里,等小鸡争抢着往铁锨上站,再倒进麻袋里背着就跑;打场时穿双大号的鞋,收工回家脱下来一倒就能有一大碗谷子。而村里的爱占小便宜的人就比较笨,掰个棒子就知道揣怀里,人家一搜一个准儿。知青们就不容易被抓到。也许是村里人对他们网开一面。一群白白净净的城里孩子来到土窝子里活活遭操磨,吃不上喝不上的,村里人是不忍心的。

可是这次剪羊毛的事,性质的确有点恶劣!

二大爷站在大街上对着知青点血爹血妈地骂了一天。

喝得醉醺醺的林木出来挡横儿。他指着二大爷说,你骂人骂错了对头哭丧哭错了坟头。大仓上前把林木打了,小麦又上前把大仓打了。一下子全乱套了!

大仓冲进小麦家,翻箱倒柜找林木的录取通知书,没找到。他就跑到知青点宿舍对林木叫嚣:我要让你林木上成大学,你是我大舅哥!

二大爷派小麦去知青点宿舍搜查。小麦在知青点宿舍待了一天,什么也没搜到。其实,她一进女宿舍,就脱了鞋上了炕。她竟然还帮人家陈红梅弹起羊毛打起毛线来了。两个人一边干活,一边聊着,聊得还挺好。小麦看着陈红梅说,你长得真好看,我第一眼看见你就喜欢你啦。陈红梅也看着小麦说,你长得那才叫好看呢,我第一眼看见你就嫉妒你啦。小麦说,跟你们城里人一比,我就是个土包子。陈红梅说,搁城里,你也是个美人坯子。小麦说,可我没念过什么书,跟睁眼儿瞎似的。陈红梅说,我们也就是比你多念了两三年。其实,你缺乏的只是城里人的气质。小麦说,那气质两三年能学会吗?陈红梅说,你学它干吗?你这种野性多自然多可爱啊,林木喜欢的不正是这些吗!两个人越说越亲热了。小麦又问,他马上就去上大学了,我应该给他准备点什么呢?陈红梅说,鞋啊,你给他做四双单鞋四双棉鞋,正好够他四年穿的。又实用,又有意义!

小麦觉得陈红梅的主意很好。

杜鹃回来了。她一眼就看见小麦头上戴了个自制的枣木发卡，不禁啧啧称赞。小麦见杜鹃喜欢，摘下来就送给了她。杜鹃说，你送我了，你怎么办？小麦说，再让林木给我做！

小麦终于从知青点宿舍出来了。二大爷问她发现了什么没有，她这才想起了自己的任务。当二大爷得知她在里面帮人家陈红梅打了一天毛线后，差点没气死：她这不是"二百五"嘛！

等二大爷冲进知青点宿舍时，陈红梅早把现场打扫干净了。二大爷一气之下把光腚子绵羊们都赶到了知青点，说什么它们过不了冬知青们要遭殃。

知青点恰好有间空屋子。秦朝阳把绵羊留下了。他还每天笑呵呵地给羊们喂草。

小麦拉林木去场院里背谷草回来喂毛驴。他发现她头上的枣木发卡不见了，就问她哪儿去了。她说，送杜鹃了。他说，人家要你脑袋，你是不是也得揪下来啊？她说，那我可不给，我身上的任何一个零部件儿都是你的。

小麦猫腰往背筐里装草时，屁股故意一撅一撅的，像只发情的野兽。林木一把从后面抱住她，两个人在草垛边上打起滚儿来，小麦还"哼哼哼"地叫着。

从草垛上滚下来几捆谷草，把两个人给埋了。两个人爬起来一看，陈红梅大摇大摆地坐在草垛顶上。陈红梅说，林木，这回我得"哼哼"教导你一回了,这"再再"升起的太阳就在头顶,你跟小麦又啃又嘬的,什么意思?说你们搞破鞋吧,你们现在还是两口子;说你们不是搞破鞋吧,你们又偷偷摸摸这么见不得人!林木,你马上就是大学生了,要注意影响了,那大学学堂是有教养的地方,可不是小麦家的高粱地!

陈红梅这么一说,小麦羞愧,林木更羞愧。因为"毛主席'哼哼'教导"和"太阳'再再'升起"是小麦在一次政治学习中念报纸闹出的笑话。

陈红梅还有一些不依不饶的意思。陈红梅说,林木,你摸摸你脑袋上都是些什么东西?林木一摸,全是谷草的碎屑。陈红梅说,林木,你马上就去上大学了,你总不能脚上带一嘟噜子泥巴,头上顶一嘟噜子高粱花子去吧!我听说,大学里现在有舞会了,你不会跳舞吧?来,还是我教教你吧!

陈红梅从谷垛上滑下来,要拉林木,林木一闪身躲开了。陈红梅一个人煞有介事地跳了起来。

林木一脚把背篓踢开,气急败坏地走了。小麦却有滋有味地在一旁看着陈红梅跳舞。

夜里,林木醒来,无端地发起了火。起因是小麦的头脚跟他的头脚正好是反方向。她的臭脚熏了他的香头。他说,从跟你结婚那天起,我就一直忍着!你为什么不能像个正常人一样头是头脚是脚地睡?她迷迷糊糊地说,结婚前我就跟你说了,我从小就跟我娘反着睡。

林木从枕头底下掏出口琴,没头没脑地吹了起来。小麦说,你是周扒皮呀,半夜鸡叫啊!

林木要跟她谈谈。小麦说,你们知识分子就是麻烦,二半夜还带谈心的。林木说,我考上大学你们全家都不高兴!小麦说,你要他们怎么高兴,敲锣打鼓给你戴红花吗?林木说,我请客时,你们家一个人都没来。小麦说,他们都来了,该把锅给你吃塌啦!林木说,不管怎么说,我都得谢谢你。小麦说,跟睡在一铺炕上的老婆还见外?林木说,我结了婚,还能报名,多亏你二大爷了。小麦说,你还是谢你自己吧,没长那个脑袋,报了名又有什么用?林木说,你帮我去公社的图书室偷书……我复习的时候老瞌睡,是你在边上拿柳条子抽我……小麦说,你还说呢,陈红梅她们听说了这事儿,管我叫什么妇来!林木说,悍妇。小麦说,我都快成疯狗了!林木顿了一下说,小麦,有件事我一直没跟你说,家里还不知道我结婚呢,我这拖家带口地回去,还不把我妈吓死啊?!小麦说,什么?你闺女都两岁多了,你家里还不知道你结婚呢!林木说,我原以为我这辈子就搁这儿啦,所以,结不结婚都跟家里没什么关系啦……你说,现在怎么办吧?小麦打了个哈欠,说,天大的事也得等天明再说啊,先睡觉吧。

小麦又躺下了,很快打起了呼噜。林木瞅着房顶,一直到天亮。

吃完了早饭,小麦又像没事儿人一样忙忙叨叨地开始纳鞋底了。

就在林木发愁如何把小麦和丫丫带给妈妈时,妈妈却在春节后的一个晚上像从天而降一样出现在了林木面前。

丫丫拉屎拉在了炕上,小麦叫黄狗进屋来吃屎。在农村,狗吃人屎很常见,没什么好大惊小怪的。可是这一幕却正好让林木妈妈看见了。林木妈妈身后是陈红梅,她们二人是随黄狗进来的。当时,林木在看一本苏联小说《多雪的冬天》,黄狗在舔丫丫的屁股,小麦在纳鞋底。

林木妈妈被眼前的情景吓呆了,"妈呀"一声大叫。黄狗一激灵,差点咬了丫丫的屁股。小麦边擦丫丫的屁股边把地上的陌生女人一顿数落。林木对陌生女人说了一声,妈,你怎么来了! 小麦才知道坏菜了。

妈妈对林木说,林木,我的儿子啊,这些年你就过着这吃屎的日子啊!

小麦在炕上一通划拉,然后对林木妈妈说,娘,你坐! 林木妈妈皱了皱眉头,说,你叫我什么? 林木赶紧打圆场说,妈,你坐! 小麦张罗着倒水、找烟笸箩。林木妈妈说,你别忙了,我想单独跟我儿子谈谈。林木只好说,小麦,要不你抱丫丫去姥姥家睡一晚上?

就这样,小麦和丫丫被赶出了自己的家门。陈红梅也知趣地走了。

妈妈抱着林木左看右看前看后看,看完了就是一阵痛哭。哭完了,从随身带来的包里拿出肉啊面啊的,开始给林木包饺子。

妈妈还不到五十岁,头发已经斑白了,原本是个很优雅的人,现在变得唠唠叨叨的。

睡觉时,妈妈说什么也不盖小麦的被褥。林木只好把自己的被褥给妈妈盖。即使这样,妈妈依然从包里拿出了一块床单铺在林木的褥子上。刚躺下,妈妈突然提出要看看林木的录取通知书。林木在柜子里翻了半天也没找到。妈妈认准是小麦他们那窝子农村人要使坏,把录取通知书藏起来了,为的是把林木扣下。林木为小麦一阵辩解。

林木妈妈的到来惊动了整个大队,人们像看耍猴儿的一样聚集在林木家的屋里屋外。林木妈妈像变戏法儿似的从提包里掏出一把又一把的杂拌糖分给大家。大家对林木妈妈的印象是良好的。

二大爷在家里宴请林木妈妈。王家的长辈们都到了。这顿饭对主客双方来说,都有点鸿门宴的意思。

炕上炕下一共两桌。林木妈妈坐在炕上那桌。她说不习惯在生人面前脱鞋,执意穿鞋上炕。二大爷从林木的太爷爷丈人一直介绍到林木的丈人,也就是小麦爹。林木妈妈听了后,说,这要搁过去,你们老王家也是大户人家了,看这架势,即使不是王爷也是地主了。二大爷说,我们家四代贫农,成分好,绝对根儿正苗红。林木妈妈说,根儿正苗红有什么用?还不是受穷!站在地上扒眼儿、没资格上桌的大仓说,你这话有点反动!林木妈妈说,你们可能还不知道,马上就要取消成分了,地主富农的孩子不都参加高考了吗?好了,不说这些了。林木妈妈指了指坐在身边的林木,说,今天,我们林家可没你们王家那么大势力,我们就两个人,我儿子林木,你们都认识了,我叫杨文采,林木的妈妈。站在地上的小麦一拍胸脯子,说,林家还有我呢!林木妈妈瞅都没瞅小麦一眼。大仓一看林木妈妈把小麦排除在外,越发生气了,说,我看你倒像个地主!林木妈妈说,你为什么这么讲话?大仓说,四川不是有个地主叫刘文彩吗,专喝女人奶的那个,你听起来跟他有点像!林木妈妈的脸一下子白了,对二大爷说,王副书记,难道你们贫下中农都这么没有教养吗?

二大爷一声呵斥,大仓和小麦等在地上扒眼儿的晚辈们被赶到外屋去了。

饭菜上来了。小麦娘把每个菜都尝了一口,之后又用筷子把每个菜都搅动了一下,再之后招呼大家吃。林木妈妈说,这位大婶,你这是喂猪吗?我看你们农村喂猪前都这么搅一下猪食！王家的长辈们听了这话，头发都立起来了，但又不好发作。林木妈妈又对二大爷说，王副书记，有件事我得请教一下，我们家林木是怎么结的婚？是不是有人逼他？不然这么大的事我们为什么不知道？你是王家的长辈又是大队副书记，你不觉得你有责任征求一下我们的意见吗？二大爷支支吾吾地说，林木没给您写信吗？林木在边上不知道怎样说才好。林木妈妈又说，林木现在考上大学了，你们打算怎么办？二大爷说，我们坚决支持！林木妈妈说，刚才说话没有教养的那一位是大仓同志吧，我听说他扬言要让林木上不成大学啊！二大爷说，他嘴上无毛，不要听他的。林木妈妈看了看二大爷的嘴巴，说，那好，我听你的。那林木的录取通知书怎么不见了？

林木告诉大家他把录取通知书放在柜子里一个药盒中啦，现在不翼而飞了。二大爷把大仓和小麦喊进来质问。大仓矢口否认说，我是去我妹家找过，但没找见。小麦想起了什么，飞快往自己家跑。

不一会儿，小麦拿来了录取通知书。但它皱巴巴的，上面还粘着红糖。她不得不承认，她用它包红糖来着。

林木妈妈拿着皱巴巴的录取通知书气得手直发抖。她说，你们安的什么心？就差拿我儿子的录取通知书擦屁股了！你们这是存心祸害人啊！

林木妈妈一把掀翻了饭桌。坐在边上的人都被弄了一身汤汤水水。二大爷的脑袋上还扣了个盘子！

林木妈妈站起来，叉着腰说，我告诉你们，我今天就是来领儿子回北京的！

小麦娘在生产队的女人堆里也是一号人物，没人敢惹的。但她被林木妈妈的气势压倒了。吓得一声不敢吭。小麦娘把小麦拽到粮仓里，哀求地说，我求你啦，千万别跟林木走了，你去了北京还不得让你那恶婆婆整治死啊，说不定让她把你剁了做人肉馅儿包子！娘车轱辘话说了一场院，小麦只说了一句，我不能离开林木。娘说，难道离开林木你就活不了啦！小麦说，没错，离开林木，我真活不了！

林木跑到知青点宿舍质问陈红梅，是不是你给我家拍了电报？她说，我完全是为了你才那么做的。她还说，我知道你在凑钱，你为什么不找我？临了，她塞给他一百块钱。

陈红梅的毛衣原来是给林木织的。秦朝阳得知了此事，一下子受不了啦。他把林木约到后山上，暴揍一顿。林木反过来打秦朝阳，但他的拳头像是落在了石头上，痛的是他自己，很是可笑。

过了一会儿，已经下山的林木又返回来。他抱着秦朝阳大哭。秦朝阳说，你马上就是大学生了，不要动不动就哭。林木说，没办法，我天生泪窝子浅。林木还说，我回北京一定为你联系工作，不过，你也别尽指望我，自己该联系还联系，别耽误了你。秦朝阳说,我们要指望你,都得变成黑山头上的蹲山猴子。

小麦已经开始给林木收拾东西了。整理衣服时,她使劲儿地蹙了蹙鼻子,她闻到了他身上特有的一股清香的味道。

小麦初中毕业回到村里的那个夏日,听说了嚼谷草的林木,她兴奋不已。她直接奔了他放牛的山坡。他正趴在草丛里看书。她第一眼见到他就感觉他像只刚啄开蛋壳的小鸡崽儿,柔软、文弱,让人怜惜、让人喜爱,恨不得赶紧地把他抱在怀里!她当时自己都觉得这个想法很不要脸。是的,在那个年代,这的确是个很不要脸的想法。多少年后,小麦很羞涩地跟女儿丫丫讲起了这件她认为很不要脸的内心隐秘。没想到丫丫从鼻子的缝隙里吹出一丝冷气,说,这算什么呀,搞笑!然而,那种感觉顽强地侵占了小麦的心,并且一侵占就是几十年。一想到第一次见林木的情景,她的心口就隐隐作痛。那种痛,就像是被小鸡狠狠地啄了一口。自从遭丫丫耻笑后,心里从来不藏事的小麦便把那种感觉隐藏在内心深处了。

小麦发现了一个小包裹,里面是陈红梅送给林木的毛衣。但她装作什么也没看见,事后也没跟林木提及。她只是把自己给他做的布鞋也放在了他的麻袋里。

可是第二天,小麦就在粮仓的囤子后面发现了那八双布鞋!

小麦有些退缩了。她去跟爹商量她跟林木该怎么办?爹没有正面回答,而是给她讲了自己和小麦娘之间的一个秘密。

娘年轻时有一个相好的,也跟林木一样长得白白净净的,是个小学老师。二大爷仗着在生产大队当个记分员,有点权势,硬是拆散了娘跟那个小学老师,爹跟娘才结了婚。那个小学老师后来把眼睛哭瞎了,再后来一个人拄根木棍离开了小西沟。自此,娘每到夜里跟爹睡觉时,都拿块毛巾把眼睛死死地蒙上……

爹对小麦说,当初,爹没阻止你跟林木结婚,是怕给你留下终身的苦处。爹还说,现在好了,你已经跟林木有了一段好日子,还生了丫丫,该知足了。人年轻的时候该经历的都经历了,一辈子就没有遗憾了。小麦说,爹,我明白了。爹说,你心大,干什么事不会拐弯儿,太傻,太愣,林木心性不坏,可他忒不着调……北京那么大的大营子,爹怕你去了受委屈。到时候,我和你娘都不在你身边,你连个哭诉的人都没有……小麦笑着说,爹,我明白了……

与此同时,林木妈妈也跟林木摊了牌:他绝对不能把小麦这个土鳖领回北京,他要是一意孤行,她就跟他断绝母子关系!

当二大爷跟林木妈妈和盘端出王家早就作出的决定时,林木妈妈沉默了。过了半天,林木妈妈说,请您原谅我这两天的失礼!二大爷说,不存在什么原谅不原谅的,反正我们两家马上就没什么关系啦。林木妈妈从身上掏出了早就准备好的四百块钱。因为不够二大爷提出的数目,林木妈妈把手表也摘了下来。林木妈妈说,我一回北京就把剩下的一百块钱给您寄来。二大爷说,你们走前,让林木写好离婚的字据,其他的就别管了。最后,林木妈妈又提出把丫丫领走。二大爷说,那我做不了主,到时候你问小麦吧。

　　林木妈妈跟小麦谈话时,态度好多了,甚至感谢了小麦这些年对林木的照顾。小麦倒是没了第一次见林木妈妈的紧张劲儿。她说,你不用兜圈子,有什么话就直说。林木妈妈也就不藏着掖着了,说,你不能跟林木回北京。小麦说,为什么?林木妈妈说,小西沟跟北京不配,王家跟林家不配,你跟林木不配。小麦使劲儿看了林木妈妈一眼。林木妈妈说,你甭瞪我,我话没说完呢,你喂个猪喂个鸡还可以,但你培养不了丫丫,所以丫丫也得跟我们走!小麦一听头就大了,说,你真以为你是地主婆?你一句话就可以把我休了啊!林木妈妈从兜里掏出个布包,布包里是一只玉手镯。她把玉手镯递给小麦,说,留个纪念吧。小麦想了一下,把玉手镯揣进了兜里。小麦不动声色地说,我就把它当作您给我的见面礼啦。林木妈妈发现上当了,大叫,奸诈,太奸诈了!小麦说,我活这么大,缺的就是奸诈!

　　小麦在村西外的小河边找到了林木。他终于说出了二大爷和妈妈早就打算好了的事情。她说,那你想怎么办?他说,现在看来,只有我先走了,等我在北京稳定了,再回来接你和丫丫。她说,我说你四处借钱呢,你也想拿钱打发我!他说,我要是先走了,总得给你留点钱吧。她说,我得等你多长时间?他说,也许一年也许两年,一有了住处,我立马回来接你们。她说,你要变心呢?他说,你不相信我?她说,我怎么相信你,你还没走呢,就把我给你做的布鞋扔了!他说,那是我妈扔的,她说回去穿不上。小麦说,有什么样的妈,就有什么样的儿子!他说,我要是变心了,就让雷把我林木劈了!她"嘎嘎嘎"地笑了,说,别胡说了,雷没事劈你干吗?人家要劈也劈那歪脖子树。

二大爷把四百块钱和手表如数给了小麦爹和娘。娘拿着钱和手表捂着嘴哭。大仓从门帘儿的缝隙看到了这一切。

第二天,林木突然失踪了。小麦以为林木妈妈放走了林木,林木妈妈以为小麦把林木藏起来了。两个人一个眼睛冒着红火苗,一个牙齿咬得咯吱响。等两个人都冷静下来,才意识到可能另外有人把林木弄走了。

小麦在大仓家的柴火垛旁连续蹲了三宿,终于逮住了大仓的"小尾巴"。小麦跟随大仓来到了七八里地外的黑山头。黑山头是一座"封山"——有护林员看护,不允许乱砍乱伐的。护林员的房子就虎视眈眈地立在山口。

大仓鬼鬼祟祟地钻进了护林员的房子。小麦恍然大悟,护林员不正是二蛋爹和二蛋的大哥吗?林木十有八九是被藏在他们这儿了!

小麦回去向二大爷汇报了。二大爷领人在二蛋爹的草料棚里找到了被五花大绑的林木。大仓绑了林木是想把他扣留到他开学后。过了报到日期，他自然就被学校开除了，走也没用了。这一招也够阴险的。

被解救的林木抱着小麦就"呜呜呜"地哭。他说，小麦，我不能没你啊，没你我手无缚鸡之力！她说，林木，我也不能没有你啊，没你我找不着道儿！两个人就像刚揭锅的粘豆包一样，黏糊得不浇凉水就分不开了。

林木在离开二蛋爹那儿之前，给二蛋娘跪下了。因为二蛋娘这几天偷偷地给他送了吃的、喝的，他才没被饿死、冻死。二蛋娘的眼睛有毛病，只能影影绰绰看一点东西。他就说，大娘，等我回了北京，安顿下来，就让二蛋领你去北京治眼睛！二蛋娘高兴得都哭了。

出门后，小麦悄悄对林木说，你不要随便瞎说，到时候人家真去找你怎么办？林木说，大娘一辈子都这么过来了，还治什么治，不会去的。小麦说，那你就更不应该逗人家玩了。林木说，我就是安慰她一下，安慰人的话又不花钱，不说白不说嘛！小麦说，明白了，你也是天天拿那些不花钱的话来填乎我的。林木说，难道你不高兴吗？小麦说，也是，一句好话让人高兴好些天，不说白不说！这个时候，小麦觉得林木特有学问，她对他就更是崇拜了。

林木要走的前一天,王干出事了。一大清早,他去山上撑狐狸,把眼镜跑丢了,人掉进了深沟里。在公社医院的病床上,奄奄一息的王干对林木说,我套狐狸是想给小麦做一条围脖,小麦就要去北京了,她戴个狐狸围脖肯定特洋气,肯定比北京女孩儿都洋气……你知道,我也喜欢过小麦,可她注定是你的……我戴眼镜是想把自己变成个文化人,也想像你一样,好让小麦也瞧得起我,哪怕瞧得起我一眼……我从来就没有想过离开小西沟,小西沟就是我的故乡,我现在终于可以永远留在我的故乡了……

林木趴在王干的身上失声痛哭!

二大爷一咬牙,杀了一只光腚子绵羊,为王干送葬。

王干被埋在了一座叫半拉山的山坡上。林木把他心爱的口琴留在了王干的坟前。

林木坐着马车离开了小西沟。路过小西沟村东面的豁子梁时,林木下了马车,他要去梁上看看。大仓要陪他去,他不让,就一个人上去了。他在梁上站了许久,然后又去了趟沟底。

在火车开启那一瞬间,林木突然拉了一把已经哭成泪人儿、怀里抱着丫丫的小麦。就这样,小麦和丫丫被连拉带挤地带上了车。大仓把小麦早就准备好的行李从窗口一一扔了上去。

林木妈妈一看小麦上了车,眼珠子都快瞪出来了。为了表示抗议,林木妈妈跟别人换了座位,离他们远远的。

火车开走了,林木妈妈突然喊起来,哎哟,我的钱和我的手表,我的钱和我的手表!周围的人都莫名其妙地看着她,她这才闭了嘴。林木跑过去问妈妈,给小麦家的钱怎么办?妈妈想了一下,说,他们家要是敢昧下的话,我倒求之不得呢。

落座后,林木对小麦说,你知道我在豁子梁时去沟底干啥了吗?小麦说,不知道。林木说,我去拉了泡屎。小麦说,为什么?林木说,这一走,不知什么时候才能回来,我得留点念想,想来想去,拉泡屎最独特了,豁子梁和我都永远不会忘记的。小麦"嘎嘎嘎"地笑着说,膈应人。然后又趴在林木的耳朵边说,得坐一宿火车呢,你说我要是想拉屎、尿尿怎么办?林木说,你真是个傻大姐,火车上有厕所。小麦一听有厕所,差点蹦起来,说什么也要去厕所。小麦和丫丫一走,林木跟对座儿的人搭话。对座儿的人听说他是大学生,就跟他攀谈起来。对座儿的人问,刚才去厕所的是你媳妇儿?林木说,房东,房东!正说着,小麦和丫丫回来了。小麦坐下后,时不时掐一下林木的屁股,直掐得林木龇牙咧嘴的。

好在,对座儿的人是短途,在第一个小站就下车了。不然,林木的屁股得被小麦掐烂。

见小麦真的生气了,林木就说,火车一鸣笛,我就改主意了,必须带上你和丫丫一块儿回北京,我怎么能扔下你们呢!

小麦说,你就日哄我吧。林木说,我日哄谁也不能日哄你啊。小麦说,你拉倒吧,我是自己上来的,我怎么能让你跑呢,这辈子我是黏上你啦!两个人为此争论了一路。到底是谁舍不得谁,到最后也没弄清楚。其实,这种纠缠从小麦第一次见到林木就开始了。这个问题纠缠了他俩一辈子!

反正,一路上,林木一直在说,这也许是我一生为自己拿的最大的主意了!小麦说,只要你不为你这个主意后悔就行啊!

林木妈妈见林木和小麦一路上黏黏糊糊的,气得肚子都快胀破了。她把小麦拽到风挡处,说,那只玉手镯呢?小麦装疯卖傻地说,那是您给我的见面礼,我把它收好了,绝对不会丢的,您放心!小麦回到林木身边说,你妈对我挺好的,还送了我一只玉手镯。林木说,是吗,那可是我妈的宝贝,我还担心她对你不好呢!

林木家住在北京某大学校外的一栋家属楼里。快进楼门时,林木妈妈跟林木他们拉开了距离。林木他们像逃荒的一样跟在后面。

林木妈妈守候在屋门里面。等林木他们把大包小包搁在走廊的杂物上面,才被允许进门。小麦不想搁,因为她的包里有她和丫丫的全部家当。林木说,吹晾吹晾,没事的,丢不了。

林木把小麦拉到边上对她说,进了家里,先不要管丫丫奶奶叫妈,也不要管丫丫爷爷叫爸,得给他们一段适应的时间。

小麦说,为什么?林木说,听我的,没亏吃。小麦说,你太多心了吧?那叫什么啊?林木想了半天说,还是叫"您"吧。小麦在门口嘟嘟囔囔练了好多次"您",叫顺嘴了,才进了门。

林木家的房子是一个小两居,带一个比较宽的过道。林家孩子多,林木是老大,下面有两个弟弟、两个妹妹,按年龄排序依次是弟弟妹妹弟弟妹妹——林丛、林小溪、林海、林小路,其中林丛二十四岁、林小溪二十岁、林海十五岁、林小路十岁。家里除了房子还是老样子——拥挤、昏暗外,其他都发生了变化。林木爸爸因为不甘忍受学生对他的批斗,从教学楼三楼跳下去,落了个终身瘫痪在床。

除了林小溪外,其他弟弟妹妹都在。弟弟妹妹们对将来的严酷生活还没有一个清醒的认识。他们感兴趣的是从土窝里钻出来的大哥、从天而降的大嫂侄女及大哥的那张大学录取通知书。爸爸一激动就咳嗽,自从林木他们进门,就大咳不止。妈妈赶紧从爸爸的怀里把丫丫夺了过去。

爸爸开始抽烟。他抽的是一毛多钱的飞雪牌。抽完差不多一根,掐灭,跟另一根接上,再抽。抽完了第二根,掐灭,把烟头小心翼翼地放在床头。林木问,爸,你什么时候学会抽烟的?爸爸没说话,又是一阵儿咳嗽。林木去问妈妈。妈妈说,你爸从楼上跳下来之后,躺在医院里学会的。林木说,爸为什么连烟屁股也不放过呢?妈妈说,可能舍不得扔吧。林木哽咽着说,等我大学毕业了,我让爸天天抽"大前门"。

热闹劲儿一过,几个弟弟妹妹都大叫着屋里有股邪味儿。用鼻子一探,邪味儿是从林木和小麦身上发出的。几个弟弟妹妹都捏着鼻子跑了。妈妈把脸子一撂,对林木说,熏死人啦,你们赶紧去澡堂子煺一煺!林木说,又不是杀猪,煺什么煺?

林木他们走了以后,妈妈一直念叨,口粮拿本儿买,蛋禽副食品拿本儿买,啥啥都得拿本儿拿票买,那个乡下女人和丫丫又没户口,她们吃的喝的就得从别人牙缝儿里挤了。妈妈还说,从天上活活掉下三个大活人来!从天上活活掉下三张大嘴来!林海说,从今以后,我少吃点,剩下的给大嫂。小路也说,我也少吃点,剩下的给妹妹。妈妈说,什么妹妹,那是侄女!

夜里,爸爸吃了一片安眠药早早地睡了。小麦和丫丫暂时睡到了小溪的床上。林木则让妈妈靠边,他睡在了爸爸身边。半夜,爸爸突然把他叫醒,爸爸从床下摸出一瓶用葡萄糖瓶子装的散酒,两个人你一口我一口地喝了起来,一直无话。后来,爸爸突然说,你回来了就好了,这个家以后就指望你了。说完,就把头蒙到被子里哭泣。林木这才意识到自己是家里的老大。别看他能说会道,可那都是耍花枪,他其实是个很软弱、很脆弱的人。在农村锻炼了那么多年,除了干苦力活,净瞎玩了,他还没有做好为家庭负责任的准备。这会儿,他只好跟着掉泪。妈妈也醒了,也悄悄地跟着叹气。

也许是一路劳累的缘故,小麦这一夜睡得很安静。

第二天中午,妈妈炖了肉。在饭桌上,林木满怀激情地回忆了他在农村的战斗生活,还一再说,他给大家添麻烦了,最后他信心百倍地说,他是家里的老大,他有责任有义务带领弟弟妹妹们把小家建设好把国家建设好。小麦喜欢听林木瞎白话,第一个鼓掌。鼓完掌,小麦和林木就咧开腮帮子开吃了。弟弟妹妹们一开始觉着他俩的吃相好玩,就傻呵呵地看着。不一会儿,他俩就如风卷残云一般把一盆子肉秃噜光了。等弟弟妹妹们回过神儿来时,连汤都快没了。

妈妈的脸色一下子变得比锅底还黑,说,第一顿饭就让你们吃塌了锅,这以后的日子怎么过啊!弟弟妹妹们都喊没吃饱。妈妈说,没吃饱就饿着!弟弟妹妹们央求妈妈再做一点。妈妈说,一顿就都造光了,下顿把牙支起来啊。你们就打扫打扫锅底吧!小麦拿勺子一边刮锅底一边说,蚂蚱也是肉,还有挺多的呢,来,我给你们盛。林丛说,你们玩勺子去吧。我不吃了。林海和小路也说,我们也不吃了。

一顿好端端的团圆饭就这样吹了。

粮食的问题,只是冰山的一角。老鼠拖木锨,大头在后面。麻烦一个接一个地等着这一家人呢。

林木他们来之前,家里爸妈睡一间,两个妹妹睡一间,林丛睡过道的沙发上,林海呢,睡在爸妈床边的地铺上,地铺是用一块大木板搭就的。现在,他们只好把爸妈那间房的阳台腾空,放一张上下床,作为林木和林丛的栖身之地。小麦和丫丫则睡在过道的一张上下床上,其他人原地不动。小麦对婆婆安排她和丫丫睡过道有些不解,就偷偷地对林木说,丫丫姑姑不是在农场没回来吗,我们先在她床上睡几天呗,为什么让我们睡在厕所门口呢?林木说,让你睡哪儿你就睡哪儿。但林木还是跟妈妈谈了。妈妈说,小溪要是知道那个乡下女人睡了她的床,非得拿石灰消毒不可。林木不敢再吭声了。

晚上,林木和小麦都不敢敞开肚皮吃了。结果,玉米糁子粥剩了半锅。妈妈去凉台放锅时,被小麦碰了一下,锅掉地上了,糁子粥洒得满地都是。妈妈心疼死了,一边用铲子往锅里铲一边说,都是让你们两个大肚子汉闹的,我做饭都没准头儿了,浪费了这么多,这不造孽吗!妈妈把林木叫过来说,你们要是老这样一顿肚皮大一顿肚皮小的,你们就自己开伙吧。林木说,别价啊,我们要是单开的话,保不齐过几天就比大家吃得好了。一家人,我们大鱼大肉,你们吃糠咽菜,那叫什么话!我和小麦商量好了,我们既然回来了,就要和大家同吃同住同劳动,一句话,同甘苦共患难!妈妈说,这农村,还真是锻炼人。小麦说,那是啊。林木原来是个诗人,说话跟唱歌似的。现在已经成农民了,扬场跟跳舞似的。妈妈说,呸,脸皮锻炼得比原来厚多了!

这一夜,差点又出了大乱子。

半夜时,妈妈突然被一阵响声惊醒,坐起来大叫道,地震了,地震了!林木和林丛被喊醒,昏头昏脑地背着爸爸就往楼下冲。结果冲到了楼下,四周却静得很,什么都没发生,还把他们冻得够呛。回屋一瞧,原来是小麦在打呼噜!婆婆一瓢凉水把小麦浇醒。水流到下铺的丫丫头上,吓得丫丫"哇哇哇"地哭。

林木抱着丫丫在地上走溜子。林丛突然看着林木说,你的眉毛怎么是白的?林木瞅了瞅林丛说,你的眉毛也不是黑的。原来阳台冷,两个人的头上都挂了霜雪。

爸爸让林木把丫丫抱到他的床上。

楼上楼下的邻居们也许是被"地震"惊着了。第二天,住在林木家楼上的一个叫胖大嫂的女人来敲门问昨晚是什么动静。婆婆没让胖大嫂进门,站在门口对她说,哪有什么动静,肯定是你耳朵错环了。胖大嫂眉毛一竖,说,你耳朵才塞鸡毛了呢。胖大嫂还探头探脑地说,你们家来客人了?婆婆说,林木回来了。胖大嫂说,我听着好像还有一个女的。婆婆说,林木生产队的社员,来北京看病。胖大嫂说,我还没见过社员什么样呢。小麦闻声过来,伸长脖子对胖大嫂说,什么社员啊,谁找社员啊,找社员干吗啊?婆婆"砰"的一声把门关上了。

胖大嫂对着门板骂了一句,德性,再装你也是一头资产阶级的烂蒜!

妈妈把林木叫到厨房,说,告诉你那个乡下女人,不许出去乱窜,不许出去跟胖大嫂她们那些老娘们儿瞎唰唰。林木说,都这么多年了,你还不跟邻居来往啊?妈妈说,来往个屁!一帮小市民,俗不可耐,看着都麻烦!

不一会儿,楼上的污水流到了林木家的阳台上。婆婆探头一看,又是胖大嫂家在晾墩布。林木撺掇林丛去找胖大嫂理论,林丛说,你咋不去?林木说,没想到你这么软弱。林丛指着小麦说,我是好男不跟女斗。你们在乡下肯定经常骂大街,发挥一下你们的特长,你们去呗。小麦一撸袖子,说,我去就我去!婆婆说,你敢!小麦只好渗在那儿了。林木得知家里经常受这样的气时,说,依我看,这个问题是得解决了。

两天以后,小麦终于知道北京的早饭为什么不叫早饭而叫早点了。早点就是只喝一点点稀粥吃两三根咸菜,还不够塞牙缝儿的呢。在乡下,早饭是要吃小米饭的。另外,北京的碗太小,一顿饭下来净看见她盛粥了,弄得她跟小要饭的似的。到了第三天早晨,她干脆以桌子太挤为由,一个人在厨房站着吃。正担心大家识破她的诡计呢,婆婆进来了,婆婆在她身后放了个小凳子,让她慢点吃,别烫着。小麦匆忙喝了一碗就收了。她心再大,也知道个眉眼高低。她终于有一点寄人篱下的感觉了。

中午吃饭前,小麦给林木使了个眼色,两个人来到凉台上商量这顿饭该吃多少。林木的意见是掌握好节奏,绝对不能落后,也不能抢先,压住了吃,等大家都要放筷子了,再以极快的速度把锅里剩下的打扫干净。这招儿还真灵,不显山不露水地吃得挺饱。吃完了,两个人又到厨房里交换意见。小麦说,我饭量这么大,是不是有点没色,是不是让你们家人特看不起我啊?林木说,我们在农村,一年就吃那么两回肉,肚子里没油水;敢情他们天天吃肉,肚子里的油水都快往外流了,他们当然吃得少了。我们在农村受了这么多年苦,吃他们点怎么啦?我们就是把自己撑死也是应该的!林木这么心疼小麦,小麦当然高兴了。小麦一高兴,就在林木屁股上掐了一下。林木也在小麦的怀里抓摸了一把。这一把被妈妈发现了。妈妈说,吃饱了、喝足了,也不想着干点活,还在这儿勾搭连环、招猫逗狗,你们也不嫌臊得慌!小麦说,我一进这个家门,就想进厨房,可是您不让啊。妈妈说,你进厨房我倒省事了。小麦说,那是啊,我什么都会干、擀面条、包饺子、做大烩菜。妈妈说,我是说你指甲里的泥,都够包一顿饺子的啦。小麦瞅着自己粗大、红黑的手指,羞得恨不得拿刀剁了去。

一连三宿,小麦都不敢再躺下睡了,她披着被子倚着墙,一个盹儿接一个盹儿地打。呼噜是不打了。但在有一天中午吃饭时,她一头栽到饭桌上睡着了。像猪吃食一样,嘴巴正好伸到菜盘子里,嘴角还流着哈喇子,把大家恶心得都快吐了。妈妈对林木说,这顿饭你解决吧!林木只好拿了自己的钱去外面的副食品店买了烧饼,再点头哈腰地送到每个人手上。他跟弟弟妹妹们说,等我大学毕业挣了高工资,我天天请大家喝汽水、嚼糖块儿、吃冰棍儿。林丛说,你请我吃片儿汤就行啊。

林丛领女朋友来家里了。女朋友小眼睛小脑袋。一进门就滴溜溜地挨个屋转了一圈,同时还挑瓜一样把家里的人挨个儿数了一遍。女朋友问林丛,你们家几口人?林丛说,都在呢,大概九口吧。女朋友说,一共不到五十平方米的房子,十来口子,一个人放个屁都能把另一个人崩个跟头,结了婚,我们住哪儿?你总不能把我贴到墙上去吧?小溪说,就你这模样恐怕贴不到墙上去了。女朋友说,那你准备把我贴到哪儿去?小溪说,过鬼节时,把你贴到十字路口的电线杆子上还差不多。女朋友说,你……女朋友瞪了半天眼睛,梗着小细脖子,摔门走了。林丛一边追一边说,哎哎哎,还有两口是可以不算数的……

爸爸在床上重重地叹了一口气!

小麦在屋里圈了两天就憋不住了,趁婆婆出去买东西不在家时,她也溜了出去。因为不认路,没敢走远,只在家属区大门口附近转了一圈就回来了。刚进楼门,胖大嫂不知从哪儿钻了出来。胖大嫂主动跟她搭讪说,妹子,你叫什么名字?小麦说,小麦。大姐,你呢?胖大嫂说,他们都叫我胖大嫂,听说你是来看病的社员？小麦说，看病，我有什么病？胖大嫂围着小麦转了一圈，说，就是嘛，健康得像一匹母马，这哪是有病的样子啊！小麦突然想起了什么，不敢跟胖大嫂瞎聊了，抽身就走。走了两步又回了，说，请你以后不要在阳台上晾墩布。胖大嫂说，阳台是我们家的，我蹲在那上面撒尿别人都管不着！

夜里，大家都睡下了，灯也熄了。林木抱着被子从阳台上摸了出来。妈妈突然坐起来问，你干什么去！林木说，小麦不是老打呼噜嘛，我去跟她睡，好看着她点。妈妈说，那么窄的床，你不怕掉下来摔残了？林木说，住一个屋里还分居，那我跟残废有什么两样？妈妈说，瞅你那点儿出息，马上都开学了，不想着念点儿书，就想着那点儿破事，回去！

林木要去学校报到了。弟弟妹妹们闹着要去送大哥，小麦也要去。婆婆说，你不是天天喊着觉不够吗，我们一会儿都走，你在家好好睡一觉。小麦说，人家梁山伯送祝英台还送出去十八里呢，我不得送出去二十里啊。婆婆的牙都快酸倒了。小麦把楼道里的提包拿回来，对着镜子一件一件地试外套。小麦还时不时地问婆婆，她穿哪件合适。小麦的几件衣服都是大花布的，还都是旧的。婆婆就没好气地说，哪件都像被子面儿，知道的明白你是出门上街办事，不知道的还以为你梦游呢！张罗了半天，临出门时，小麦又不去了。林木心里高兴嘴上却对小麦说，你抽风啊。小麦说，算了，我去了给你丢人怎么办？说得婆婆和林木都有些不自在了。小麦说,林木,到了学校,你千万跟你的女同学说你还没孩子你也没结婚你还是个生瓜蛋子。林海问,大嫂,为什么要说没结婚?小麦说,你问妈去。小路说,大嫂,什么是生瓜蛋子?小麦说,你问妈去。林木妈妈低声说,不要脸,谁是你妈?婆婆怕小麦再改主意,就赶紧张罗着走。小麦早已经把林木铺的盖的穿的用的准备好了,她拿着纸条一项一项地给婆婆念,生怕婆婆把行李弄乱弄丢了。婆婆说,你放心,林木是我亲生儿子,我会照顾好他的。

小麦眼巴巴地看着林木被一家人游街般地带走了。

学校有规定,像林木这样离家不超过五公里的学生,不安排宿舍。妈妈去找后勤处,大道理讲了半天,一会儿说什么国家培养一个大学生不容易,一会儿说什么家庭培养一个大学生也不容易,为了让林木安心学习,请学校务必解决一个床位为盼。后勤处的人根本不为所动。林木瞅人不注意,去了趟厕所,把外套脱下来装在书包里,又把里面的破棉袄翻了个面儿穿在身上,像个逃兵一样回来了。林木把妈妈拉到身后,对后勤处的人说,同志,我妈她爱面子,讲的都是虚的,有点扯,我给你说说我们家的困难吧。我们家四世同堂,十来口人住两间小房子,我奶奶瘦小就睡在柜子上,我爸长期瘫痪,一个人占一张大床,我妈睡过道,我们五六个兄弟姐妹倒班睡觉。什么是倒班睡觉?就是今天轮你睡了,你在家,明天轮她睡了,她在家,轮不到的人夜里爱去哪儿去哪儿,单位、楼道、大街上,都有可能!林木控诉得几乎一把鼻涕一把泪了,后勤处的人嫌他烦,就把床位给了他。

从后勤处出来,妈妈说,你奶奶都死多少年了,她怎么就睡柜子上啦?你们兄弟姐妹怎么就倒班睡觉了?林木说,我奶奶的遗像不是一直放在柜子上吗?林丛和小溪不是一直上倒班吗?妈妈说,这些年,你别的没学会,耍贫嘴倒是大有长进。林木说,我在生产队里是广播员。刚才一报到,团委的老师就找我了,还让我当广播员。没办法,谁让我长了一张百灵鸟的嘴呢?妈妈说,你还来劲儿啦。我告诉你,这回床位也有了,你要在学校好好待着,别像个贪吃的孩子一样老想回家跟那个乡下女人腻歪!

林木他们一走,胖大嫂就来敲门了。胖大嫂想站在门口跟小麦聊,被小麦拽到了屋里。聊天哪有一个门里一个门外的?胖大嫂对农村感兴趣,小麦就跟她聊了半天牛啊马啊牲口啊什么的。胖大嫂又有意无意地把话题绕到了小麦的身份上,并把婆婆说小麦是社员的事也捅了出来。瞅胖大嫂不注意,小麦轻轻地咬了一下牙,什么也没说。胖大嫂又没话找话说,你睡觉是不是老打呼噜啊?小麦说,你怎么知道的?胖大嫂说,我耳朵好使,能听出去三里地。小麦承认了。胖大嫂说,打呼噜的人自己在睡梦中是知道的,只要把臭袜子塞到嘴里,就不打了。

妹子,你可以试试。小麦说,你这办法有点损。

小麦把胖大嫂教的办法告诉了林木。两个人说好了,等她睡着一打呼噜,他就把她的袜子塞到她嘴里。然而,他塞进去的是自己的手绢,她咬住就嚼了起来,因此除了打呼噜,又多了一层磨牙。他赶紧把手绢拽出来,把她掐醒。她琢磨了半天,琢磨出了门道:你手绢上的味道太香了,我当成好吃的啦。他心里一阵酸楚。他发誓说,等我大学毕业挣了高工资,一定让你天天吃香的、喝辣的。她说,你别填乎我了,我现在就想好好睡一觉,你要不想让我去走廊上睡,一会儿就真塞我的袜子。

林木只好照做了。胖大嫂这招儿还真管用,一个星期后,小麦就基本不打呼噜了。妈妈表扬了林木,因为他愣是把小麦打呼噜的毛病给改掉了。林木躲进厕所扇了自己两个大嘴巴子。

一到晚上,林木和林丛的"小屋"又阴又冷。哥儿俩每天缩在被窝里,互相叫着"团长"。林木是正团长,林丛是副团长。副团长喜欢抽烟,正团长那么爱干净的人,哪能受得了?哥儿俩因为这个天天吵架。开学一个星期后,林木对林丛说,我被动吸烟,得少活多少年?这样吧,你一次性赔偿我点损失,我让你随便抽。林丛说,多少?林木说,我也不多要,三十块钱吧。林丛虽然心疼那三十块钱,可一想,以后就不用蹲楼道了。一咬牙,就给了。他哪知道,学校已经给了林木床位。林木从此只有周末回家住了。林丛大呼上当:我一个大骗子让小骗子给骗了。

林木拿着他在家里筹来的第一笔款给自己买了块手表。走在校园的路上,他时不时旁若无人地撸起袖子来看看时间。在宿舍里,隔一会儿,就看一次手腕,看完了,就对同学说,时不我待啊!

胖大嫂在楼道里遇见了林木妈妈。胖大嫂追着林木妈妈说出了她建议小麦用臭袜子治打呼噜的事。林木妈妈一向不拿正眼瞧胖大嫂。这一次,胖大嫂又像溜门狗一样,被林木妈妈"砰"的一声关在了门外。

吃饭时,婆婆就臭袜子的事质问了小麦。小麦非常认真地说,往嘴里塞臭袜子能治打呼噜,还能治吧唧嘴和磨牙呢。林丛,你有吧唧嘴的习惯啊;小路,你有磨牙的习惯啊。林丛和小路都不干了,说,你怎么知道啊?小麦说,小路磨牙,我听见过;林丛呢,一看他吃饭的样子就知道他爱吧唧嘴。林丛被小麦说得喷了饭,全喷到了妈妈的脸上。妈妈一阵划拉后,指了指厕所的窗台,对小麦说,你们乡下人愿意吃狗屎那是你们乡下人的事,从今天起,你的碗筷放到那个窗台上!

厕所的窗台正是放猫食碗的地方。

已经吃完饭回屋的林海气哄哄地跑出来,说,别吵了,我头疼。

林木从学校回来,林海把妈妈骂大嫂的事告诉了他。林木跟妈妈吵了一架,小麦的碗筷才被允许放回厨房的窗台上去。

林木带回来一包脏衣服让小麦洗。林木还从书包里拿出一包饼干给了小麦,这是一个同学送他的。小麦只是闻了一下,就藏到丫丫的床上了。林丛透过厕所的门缝儿看到了这一切。

婆婆偷偷把小麦拽到厨房,说,你是不是向林木告状了?小麦说,没有啊。婆婆说,我谅你也不敢!婆婆还说,你要老实在家待着,最好不要出去。一旦邻居碰上你了,问你是谁,你就说你是林木生产队的社员,来北京看病了。小麦说,我知道您好面子,可是我不能撒一辈子谎,我不能在这儿看一辈子病啊!婆婆说,你倒想得挺远,都开始想一辈子的事啦!小麦说,那您找我爸的时候,不是想过一辈子吗?他现在都瘫痪在床了,你不照样伺候他吗,这不是一辈子的事是什么?婆婆说,你话还挺多,按我说的做,不然,你就从这个家里滚出去!

婆婆一个星期要单炒三次菜,因为她喜欢吃半生的蔬菜。单炒自然就得单吃。一个桌上,两种待遇,怎么看怎么别扭。时间一长,小麦对此就有想法了,她还郑重其事地跟婆婆谈了她的想法。小麦说,我记得,有一次,生产队开批斗会斗地主婆,为什么斗地主婆呢?婆婆说,是啊,为什么斗地主婆不斗地主呢?小麦说,我以后说话你别打岔,说得婆婆愣了一下。小麦说,地主就够坏的了,他欺压穷人,地主婆更坏,她欺压地主。婆婆问,为什么说她欺压地主呢?小麦说,地主婆吃小灶啊,连地主都没吃上小灶呢!婆婆当时脸就红了。小麦以为婆婆心虚了,就来劲儿了,又说,你吃小灶不太好,要是以后再来个什么运动,让林木他们怎么看你啊!婆婆气坏了,就骂了一句,白痴!小麦没听明白,就嘀咕道,那怎么是白吃呢!

小麦喜欢吃零嘴。在老家时,家里有个瓜果梨桃的,爹娘都给她留着,其实也没什么,就是个瓜果梨桃。可是,她喜欢被爹娘那么宠着。现在不同了,眼前摆着瓜子、水果,她也不能动,那是招待客人的。有一次,她实在忍不住,偷吃了一块杂拌糖。过后,细心的婆婆发现竟然少了一块,就说什么小路这孩子学坏了,会偷吃了。婆婆指桑骂槐完了,竟然过去拉小麦的手。小麦以为她要检查呢,臊得真想找个耗子洞钻进去。婆婆仔细看了小麦的手,说,你的手总算清洗干净了,从今天起,你可以洗菜洗碗了。

小路发现小麦在厨房偷喝一种汽水,就告诉了妈妈。妈妈到厨房把小麦的碗夺过来,喝了一口,差点齁死。小麦喝的哪是什么汽水啊,是酱油!小麦只好如实招了,家里的菜太淡,我嘴里没味儿,就想喝点酱油。小麦还说,我就喝了这一次。妈妈问,香吗?小麦说,北京的酱油太香了!妈妈的心里很不是滋味。妈妈叮嘱小路,大嫂喝酱油的事不要对任何人讲。

第二天，其他人都没吃早点就出去忙了。婆婆让小麦多吃点，她有点受宠若惊，就跟婆婆聊了起来。进这个家快一个月了，都把她憋坏了。婆婆说，半生的蔬菜有营养，人吃了不容易生病。小麦想了一下，说，有道理，你看牛啊羊啊猪啊都是吃草的，就很少生病。还说，你要到农村去生活，肯定比在这儿滋润，肯定不会这么早就长白头发！婆婆气得差点把碗摔了。

小麦打扫房间时，正好赶上公公要大便，她扔下扫帚就去伺候公公。婆婆冲进来，一把把她推了出去。事后，小麦还被婆婆严厉地训斥了一顿，还说让她要懂得自爱什么的。小麦有点生气了。

林木下午没课，就回家来了。一进门就想把妈妈支走，让妈妈领丫丫出去转转。妈妈说，有什么可转的，又捡不着钱！林木只好用目光挑逗小麦。小麦知道他想干什么，就故意躲着他，老找借口去公公屋里或者阳台上。最后，林木终于在厨房逮住她了。

抓摸了几把后，小麦把林木推开，说，不是我不配合你，你妈像看贼一样看着我们呢，你妈就见不得我们好。小麦讲了上午发生的事。小麦说，我伺候公公是应该的，要是爹知道我在婆婆家不孝，会打死我的。林木故作深沉地说，这也许就是文化差异吧。小麦说，什么文化差异，癞蛤蟆跳井，我不懂（扑通）。你们城里人，爹不是爹，娘不是娘的，这就是有文化啊，麻

48

烦死了。林木说,嫌麻烦,你就回你的小西沟去,又没人请你来。小麦说,你们一家人都嫌我,你也嫌我,是不是?林木说,我什么时候嫌你来?我上课时还想着你呢。小麦说,你想的是那事儿,只有干那事儿时,你才不嫌我!

林木好话说了一箩筐,才把小麦逗乐了。林木要在家里看书,小麦说,你陪我出去转转,我来北京都快一个月了,一直憋在屋里,都快憋出犄角来了。

林木去征求妈妈的意见。妈妈说,可以,但你们出门时要分头走。小麦当然不高兴,但又没有办法,只好先走了。两个人说好在家属区门口见面。

一对情侣很亲昵地挎着胳膊从小麦和林木身边走过。小麦看着人家眼热,就示意林木,他俩也挎着胳膊。林木一开始不干,但最终拗不过小麦的腻歪,就挎上了。刚走两步,一个戴红胳膊箍的老太太从胡同里钻了出来。老太太上前就盘问他俩。林木说了半天,恨不得把八辈儿祖宗都翻出来了,老太太还是不认识他。林木突然往对面一指,说,看,我妈来了!趁老太太回身之际,林木拉起小麦就跑。

有一天夜里,林木没回来睡。林丛迷迷糊糊地起来上厕所,头撞到了小麦的床架子上。小麦大叫了一声,从睡梦中惊醒。妈妈光着脚从屋里跑了出来,拉着了电灯。林丛穿着条秋裤,捂着脑袋龇牙咧嘴地蹲在地上,脑袋上撞起了个鸡蛋大小的包。林丛刚要解释什么,妈妈不由分说,上前给了他一个大嘴巴子!

林海抱着脑袋跑出来,说,半夜三更的吵什么吵,我脑袋都让你们吵裂了!

第二天,小麦对婆婆说,也许林丛就是没醒盹儿才撞到我的床上的。婆婆说,你别觍着脸装贞女烈妇了。从今天起,林丛和林海在家时,你找地方老实待着,别颤个大胸脯子满屋乱晃!小麦说,我胸脯子这两个玩意儿又不是树上的梨,又摘不下来,我有什么办法啊?婆婆说,那你就少吃点。小麦"嘎嘎嘎"笑着说,我这两个玩意儿可不是吃出来的,它是天生的。就说您吧,吃得比我好,可是您那两个玩意儿比我的小多了。您哪儿都好,就是那两个玩意儿小了点。要不,你年轻时肯定特好看。婆婆恶狠狠地说,这个"二百五"!

小溪从郊区农场回家来了。林海给小溪介绍了小麦。小麦攥着小溪的手,说,你长得比我想象的还好看,眼睛那么大,皮肤那么白,小腰那么细,跟画上的人儿一样。小溪白了小麦一眼,连话都没说,直接回自己屋了。

小溪闻到了床上的异味儿,大叫着冲出了房间。小溪问妈妈,是不是那个乡下女人睡了我的床?妈妈赶紧解释说,她本来不想睡,是我非让她睡的,就睡了一宿。再说,她那天是洗了澡才睡的。你的鼻子咋这么尖啊,她洗了澡你还能闻出来?小溪说,她就是火化了,那猪圈味儿也烧不掉。

小溪二话不说,把床单被罩都拆下来洗了,还真弄来石灰把床板消了毒。

第一次见面,小溪就给小麦来了个下马威。

但小溪好像天生喜欢丫丫,对尾随其后的丫丫并不排斥。她洗完床单被罩,收拾完床铺就领丫丫出去了。回来时,还给丫丫买了香蕉。小麦没见过香蕉,很好奇,大叫着,怎么跟男人的那东西似的。一家人听得目瞪口呆。林木终于忍无可忍,把小麦拽到厨房,数落了她一通。小麦也认为是自己胡咧咧了,假装抽自己嘴巴,抽完了接着又大笑。林木说,以后林丛和林海在家里你要穿宽宽大大的衣服,别把自己憋得跟个棒槌似的。小麦说,你想什么呢? 他们是你弟弟。林木说,我能不想吗? 林丛一见着漂亮女人,那俩眼珠子就瞪得跟牛蛋似的。小麦说,你就每天瞎琢磨吧,没事也让你瞎琢磨出事儿来了。

小麦问小溪香蕉该怎么吃。小溪没好气地说,洗洗就可以吃,还亲手掰了一个给她。小麦说,给我的? 小溪说,别噎着。小麦去厨房洗了,在众目睽睽之下塞到嘴里就吃。丫丫在边上喊,妈妈,不对,不对,得扒皮! 小麦知道自己上当了,有点恼怒,一个人躲到卫生间去了。

妈妈对林小溪说,你有点过分了! 小溪问其他的人,她是不是有点过分了? 得到的结论是,仅有一点点过分。于是,包括林木在内的所有人,都差点笑断了肠子。

林丛回来了。林木发现了他脑袋上的包。林木从小麦嘴里问出了包的来由。吃晚饭时,林丛瞥了小麦胸脯子一眼,让林木看见了。林木放下碗筷,抓过林丛的脑袋,说,你脑袋的包越来越大了,来,哥给你揉揉。说完,按住那个包使劲儿揉,疼得林丛杀猪般号叫。妈妈拿筷子猛敲林木的脑门子,他才松手。

睡觉前,林木弄了根绳子,拴在自己和林丛的手腕上。林木说,你不是有梦游的习惯吗,从今天夜里起,我陪着你,你去哪儿,我去哪儿。

小麦经常从地上捡起丫丫掉的饭粒,然后送到自己的嘴里。婆婆和林丛他们都觉得十分恶心。只有公公对小麦的做法是认同的,他有时还乐呵呵地把丫丫掉在他床边的饭粒儿捡起来送到嘴里。小溪跟妈妈嘀咕说,那个乡下女人老想着讨好我爸。妈妈训斥小溪说,你一个小姑娘家家的,别胡说八道!

林木不在家时,林丛起夜都先叫醒妈妈,让妈妈到过道上看着他进厕所。连着折腾了几个晚上,妈妈受不了啦。妈妈同林木和林丛商量,让他们跟小麦和丫丫换地方睡。林丛当然求之不得。林木说,小麦睡过道,涉及的只是叔嫂关系,可睡了阳台,涉及的就是公媳关系了。妈妈一听有道理,就不坚持了。林木趁机说,让小麦和丫丫睡小溪她们屋吧,她们屋正好还可以放一张上下床。妈妈说,小溪肯定不让,她属狗的,只要在哪儿撒泡尿,那地盘儿就算是她的了,那房间她已经占领那么多年了,她能让别人进去?林丛说,瞅她不在家时,搬进去不就完了?那床死沉死沉的,她就是长三只手也搬不出来!妈妈说,你才是三只手呢。

小溪又回郊区农场时,林丛就张罗着把小麦和丫丫的上下床搬进了小溪的屋里。

小麦着实美了几天。她学着小溪和小路的样子也给自己的床上拉了一个帘儿。不过,小溪和小路的帘儿是两块漂亮的花布,而她的则是一块很土的被面儿。她还把小溪的雪花膏瓶子拿在手里左闻右闻,最终偷偷地抹了一点。

星期五晚上,林丛早早地在楼门口等候小溪回来。一见到小溪就说,那个乡下女人非要住你那屋,我和妈妈只好把她的上下床搬进去了,你就当星期一到星期五在农场,星期六到星期日在农村吧,反正你也习惯了。小溪恶狠狠地说,我整治不死她!

小溪一回来,小麦的日子就不好过了。小麦走路轻了,小溪就说,你是鬼子进村啊,怎么连一点动静都没有!小麦走路重了,小溪就说,你开拖拉机种地啊,楼板都快让你给翻过来了!小麦刚爬上床,小溪就说,哎哎哎,你怎么不洗脚啊?小麦说,我上星期洗的。小溪说,你怎么不说你从娘胎里出来时洗的?小麦说,你怎么骂人啊?小溪说,你要是不来膈应我,我都不拿眼皮夹你。

小麦只好忍气吞声地下床去洗脚。洗完了,把水倒了,刚爬上床,小溪又说,你玩尿泥呢,有你那么洗脚的吗,连肥皂粉也不打?小麦只好忍气吞声地再下床去洗。

第二天一早,小溪又在屋里喊叫,这地上哪儿来这么多头发,这地上哪儿来这么多毛!爸爸给妈妈使眼色让她管管小溪。妈妈过去,小声对小溪说,看在你大哥的面子上,你就将就一下吧。小溪说,我将就到什么时候?妈妈说,等你二哥在单位要了单身宿舍,我就让她继续睡过道。

夜里睡觉前,小麦大张旗鼓地洗脸洗脚。洗完了,扳过脚丫子来想要闻闻肥皂粉的味道,看了看躺在床上看书的小溪,又赶紧放下了。

丫丫睡了后,小麦爬上床,三下五除二脱得只剩下裤衩儿。小溪又是一阵尖叫,赶紧闭着眼睛把帘子拉上。婆婆被尖叫声叫了过来。小溪隔着帘子说,她是母猪啊还是母牛啊,怎么随便让她的两个大奶子游街啊!婆婆对小麦说,你不是有帘子吗,睡觉时把它拉上啊!小麦说,拉帘子干吗?婆婆说,那你挂帘子干什么?小麦说,我以为挂帘子是为了好看呢!

林木从学校回来了,他又把一包饼干偷偷塞给小麦。小麦打开后给小路和丫丫各拿了一块,又包好,藏了起来。

没到月底,家里就几乎断了顿。妈妈每天扳着指头算计,总算给爸爸和丫丫留出了一点白面,其他人就只能喝瞪眼儿稀粥了。喝到第三顿,林丛不干了,把碗一摔,说,再这么下去,我就拉杆子劫富济贫、替天行道去了。小溪说,你劫谁去啊你,现在能喝上稀粥就不错了。林木说,是啊,我有个同学,他和他弟弟都是"老插",两个人都回来了,家里粮食不够吃,他妈妈就让他们倒班吃饭。今天轮到你了,你在家,他出去,一天不许回家。明天轮到他了,你出去,一天不许回家。跟他们一比,我们还能喝上稀粥已经不错了。妈妈白了一眼林木。小溪说,哪天我饿急眼了,我就抓个"老插"拿锅炖了。林木说,那你炖我呗。小溪说,一堆臭肉,谁稀罕吃。小麦说,你哥的肉可不臭,香着呢。林丛说,敢情你们在被窝里不但啃饼干还互相啃啊。妈妈问,林木,你哪来的饼干?林木极其尴尬地说,对啊,哪来的饼干?

小麦起身从丫丫的床头拿出三包饼干,放到饭桌上,说,这是林木的同学送给他的,我只给了小路和丫丫一人一块,其他的都没动,我本想着过几天断顿了再拿出来的。林丛讪笑着拿起一块,说,我先尝尝这饼干是不是一股被窝味儿。林木一把抓起了三块,硬塞到林丛的嘴里。林木恶狠狠地说,吃,我让你吃,吃死你!

林丛噎得几乎翻了白眼。妈妈喊他吐出来,但他还是坚持把嘴里的东西咽下去了。

林木偷着问小麦,小溪欺负你了没有?小麦说,小溪对我挺好的,床上的帘子就是她帮我挂的。林木说,小溪穷讲究,嘴厉害,眼里又没人,你让着她点。

林丛新买了一件的确良衬衫,林木看着眼馋,就说,哥明天晚上要参加一个文艺晚会,要表演节目,你借给哥穿一下。林丛说,你上次就骗了我三十块钱,这次说什么我也不上当了。要穿可以,有个条件,给我写个检查,要深刻,要写一千字。林木说,怎么又写检查啊?林丛说,我把班组长给打啦。林木说,为什么?林丛说,看他不顺眼。林木说,这怎么写啊?林丛说,好写我还找你?林木吭哧憋肚写了半个晚上,总算把的确良衬衫穿到身上了。

小溪先是浑身奇痒,而后在被子上发现了一种丑陋的虫子。那虫子肚大,两头尖,灰黑色。妈妈跑过来一看,说了一句,麻烦了,小西沟的虱子这次终于下山了、进城了,这日子没法儿过了。小溪一听是虱子,吓得躲到墙角,只有筛糠的份儿了。妈妈也浑身哆嗦,束手无策。小麦从厕所里出来,把自己、丫丫和小溪的被子一一摊开,把虱子捉出来——捻死,然后把褥单、被套都拆下来,连同三个人的内衣都拿开水烫了、洗了。小麦说,没事啦,再弄一次就消灭干净了。

林木回来后,妈妈跟他讲了虱子的事。林木对此不以为然,还讲了在小西沟时王干拿罐头盒养虱子的故事。妈妈说,你们养耗子养蟑螂养蚊子养麻雀,你们养"四害"是你们的事,你们出去养去!你赶紧想办法把这个乡下女人给我弄走!

晚上,林木回学校去了。小麦爬上床想睡觉,发现褥子和被子让人泼了水,根本不能睡了。她知道是谁干的,又不敢吱声。她只好一连两天睡在光板儿床上。到了第三天晚上,连床板都湿了。把丫丫哄睡后,她悄悄出了家门,望着天上的一颗颗寒星,别提多委屈了。她在楼下转了大半宿才回到家门口。她在杂物之间刨出了一个坑儿,把自己的提包放在上面,倚着墙盖着破棉袄,迷迷糊糊地睡着了。

婆婆早晨起来倒垃圾,发现了小麦。小麦已经烧得有点糊涂了。婆婆给小麦熬了姜汤,发了汗,小麦的烧才退了。

爸爸知道了这事,他生气了。一把把小溪端给他的水打翻了。妈妈也觉着小溪有点过分了,就当着小麦的面骂了小溪一句,你说你心眼儿怎么这么坏?小溪说,我随根儿呗。妈妈像被当众扒了裤子,恼羞成怒,起身去找笤帚,扬言要抽小溪,可是找了半天也没找到。或者说她就是想做做样子,因为她走路时一脚把笤帚踢到了床底下,假装没看见。林丛爬到床底下把笤帚拿了出来,幸灾乐祸地送到妈妈手上,说,在这儿呢!妈妈不得不动点真格的啦,就抄起了笤帚,一回身,小溪早不见了。妈妈叫嚣着,人呢,人呢,看我不打断你的腿!找了两圈没找见,林丛又嬉笑着说,跑阳台上去啦!妈妈说,你是唯恐天下不乱。我把你妹妹打死你就高兴了,是不是!

妈妈跑到阳台对着小溪就是一顿猛抽!

小麦从床上爬起来,护住了小溪,妈妈这才住手。小溪却对小麦说,滚一边儿去,你少给我充好人!

林木再回家时,妈妈正好去商店了。林木把丫丫搁到爸爸屋里,说,爸,你看一下丫丫,我有一篇文章要润色。然后,关了门就抓过小麦把她按到丫丫的床上。他一边扒她的衣服,一边说,我都俩月没碰你了。她一边抗拒,一边说,在小溪的屋里,不行!他说,同志,敌人留给我们的时间不多了,真的不多了,你再不麻利点,就贻误战机了!这时,屋门响了,肯定是妈妈回来了。两个人爬起来,慌乱地整理衣服。过了半分钟,妈妈来敲门了,说,林木,文章润色完了吗?林木气急败坏地说,你老打断,我怎么润色啊?

小溪回来后,还是在房间里闻到了一股狗骚味儿。

家里还真的出现了"三只手":小溪书包里的五十块钱不翼而飞了。无论从哪个角度来说,小麦都是被怀疑对象。小麦自己也有点心虚,先是脸红了脖子软了,后是主动帮助小溪四处找,甚至连马桶都没放过。小溪突然就喊了句,行了,别贼喊捉贼啦!

小麦老实了,不敢乱动了。

妈妈只好把林木叫了回来。林木直接跟小麦谈了妈妈的意思。小麦急了,说,你媳妇儿是那样的人吗?林木说,那为什么一说丢钱,你就脸红了脖子软了呢?小麦说,我从小就这样,同学一丢东西,只要有人看我一眼,我就总觉得人家在怀疑我。林木说,那你偷着抹过小溪的雪花膏没?小麦说,我就是好奇,我就抹过一次。

夜里,趁小麦睡着了,林木把小麦的衣兜、枕头底下以及提包都搜了一遍,结果一分钱也没找到。第二天早晨,林木对妈妈说,小麦的为人我清楚,她绝对不会干那些偷鸡摸狗的事。林木又问小溪,你的钱是不是丢在外面了?小溪说,不可能,昨天进门之后我看过,钱明明是在书包里面的。

林木琢磨了一会儿,然后一口咬定是小溪故意使阴招儿整治小麦。小溪说,你的阶级立场哪儿去了,难道你被那个乡下女人专政了?怎么跟她一伙儿啊!林木扇了小溪一个嘴巴,说,记住,她是你大嫂!

婆婆跟小麦谈了一次。婆婆给小麦三天时间,让她再帮忙找找。三天之后还找不到,就正式向公安局报案。小麦一言没发。

这一天,家里人都出去了。丫丫也让小溪领走了。小麦把家里彻底打扫了一遍。她在征求了公公的意见后,伺候他撒了尿,换了垫子。她还蒸了一大锅馒头。坐在厨房的小凳上,她

"吭哧吭哧"地一口气吃了八个,还念叨着,这么好吃的馒头,我就不信能撑死人!

小麦把自己撑得流出了眼泪。

小麦吃完了,一抹嘴巴,拎起放在门外的破提包,一扬脖子,头也不回地离开了林家。

小麦的出走似乎证实了妈妈的预见。除了那五十块钱,妈妈还为那一大锅馒头从心口疼到了腰眼子。小麦两天未归,爸爸着急了。爸爸差林丛去学校把林木叫了回来。

林木一进家门就对妈妈一阵乱吼。林木说,在小西沟,我夏天淘大粪冬天起猪圈春天拉犁杖秋天打磙子,我受尽了贫下中农的欺辱,我简直就是个畜生;现在回北京了,我睡阳台舔锅底往媳妇儿嘴里塞臭袜子,我看你们的脸色我吃你们的下眼子食,我连畜生都不如,我就是一条溜门狗。溜门狗你们还得给口吃的呢!你们这样对我,你们昧不昧良心?

林丛说,又不是我们让你去小西沟的,跟我们有什么关系?再说了,你还接受贫下中农再教育了呢。林木说,我是替你去小西沟的,你知道不知道!林丛说,你这样自私的人,还能替别人受过?你骗谁啊你!林木对妈妈说,你没跟他说过?我当时就要进厂工作了,本来是轮到他下乡的,你和爸爸担心他年龄小,才让我替他去的。妈妈说,说那些干什么,你去都去了。林木说,这就是你的教育方式,冤冤相报,知恩不报,恩将仇报!

妈妈说,都是一家人,什么恩不恩,仇不仇的。林木说,一家人吗?你说小麦是什么看病的社员;一家人吗?你把小麦撵走!妈妈说,我那都是为了你好。她跟你不般配,你早晚会明白的。现在她走就走了。等你自己明白了,你再想让她走恐怕也来不及啦!林木说,可是她现在背着偷钱的恶名,要是想不开怎么办?妈妈说,你放心,她临走吃了一锅馒头,兜里还有五十块钱,她就不是一个会去寻死觅活的人,她没那个脸!爸爸突然对妈妈喊,都要出人命了,你还在这儿心疼一锅馒头,都说我们是读书人家,可是我们的书都读到哪儿去啦,还有没有人性啊!妈妈说,不光一锅馒头,还有五十块钱呢。爸爸说,钱钱钱,钱是你的命啊!

爸爸一阵咳嗽。咳嗽完了,又把烟点上了。

爸爸继续说,以我对小麦的了解,她是绝对不会拿那五十块钱的。林丛小声说,她才来几天啊,你就那么了解她?爸爸说,自从瘫了以后,我是把人看透了。什么人打我眼前一过,他的心是黑的还是红的,我心里明镜似的。林丛,你说,这事儿跟你有没有关系!林丛说,跟我有什么关系?爸爸说,你再说一遍!林丛不吭气了。妈妈问,林丛,真是你拿了?林丛说,这女人罪有应得。林木说,她怎么就罪有应得了?林丛说,因为她的出现,女朋友都跟我吹了。林木说,吹了好,谁要跟你结婚,才是瞎了狗眼。妈妈说,行了,别狗咬狗了。快出去找人吧!

林木和林丛这才分头去找。

五天后的一个傍晚,林木在西直门火车站附近的一条小巷子里找到小麦时,她都快变成要饭的了。她原来是想去辽宁建平姑姑家的,可是到了火车站才发现自己身无分文。她蹲在那儿是希望碰见个熟人借点钱,因为她知道,那里最近会有知青陆续回来的。林木拉她回家,她却向他要钱,坚持买票走人。林木说,钱已经找到了,是林丛拿的,没你事儿啦。小麦说,我离开你们家不是因为那五十块钱,是因为你妈根本不容我,我再傻,我也明白你妈为什么不让你碰我你妈为什么跟别人说我是什么来看病的社员你妈为什么不提给我爹的那四百块钱和手表。你妈是打定主意要让我滚蛋的,我是早晚要滚蛋的!林木说,明知如此,你何必当初呢?你现在这么走了,是陷我于不仁不义嘛。小麦说,我根本没想来!林木质问,那你为啥还来了?小麦说,我不跟你回来,你以为你走得了吗,我们老王家那一帮子人能让你走吗?你都被绑架了你忘了?我哥一再扬言,你要是不要我,他就去找你们学校,你以为你还能念成大学吗?我现在把你和丫丫送回来了,奶奶和姑姑对丫丫也挺好的,我就放心了。小麦还说,你以后过好了还能想起来有我这么个人,等丫丫长大了你告诉她她有一个傻了吧唧但特别疼她的妈妈,我就知足了!

林木听了,抱着小麦就哭,边哭边说,我要让你走了,我林木就不是个人,这辈子我要是对你不好,就让雷把我林木劈了!小麦说,别胡说了,雷没事劈你干吗?人家要劈也劈那歪脖子树。

林木拉着小麦穿过北京的大街小巷。

林木边走边喊,北京,你听着,我是上山下乡的知识青年林木,我和我媳妇儿小麦回来了,我再也不走了,我媳妇儿小麦也不走了!北京,你听着……

小麦站定了对林木说,林木,这回你可不要后悔啊!我这辈子可真把你黏上了!

在进家门之前,小麦对林木说,你得答应我两件事。林木说,你尽管说,两百件我都答应。小麦说,这次你甭想拿那些不花钱的话来填乎我。第一件事,这几天我不是在西直门那儿转悠吗?我发现有人在那儿摆地摊儿,卖农产品和副食品什么的,我也想去试试,我不能老在家吃闲饭吧?老这样下去,别人不攥我,我自己也臊得慌!林木说,摆地摊儿,不合适吧?小麦说,你怕我给你丢人,是不是?林木说,不是,我是说,摆地摊儿不合法,让人抓了怎么办?小麦说,让人抓了,我绝对不说是你媳妇儿。林木说,我妈肯定不让你去。我去跟我妈谈,让她以后不要再给你脸子啦。第二件事呢?小麦说,我们什么时候搬出去住吧。林木一龇牙花子,说,这句话说出去就得花钱了。小麦说,你同意不同意?林木说,租房子一个月得二十多块钱呢。小麦说,你不是有助学金吗?林木说,一个月才八块钱。小麦说,先攒着,到年底我们搬出去。林木"哼哼唧唧"像牙疼一样,到最后也没明确答应。小麦说,反正我的主意已经打定了,你看着办吧。

自从小麦出走了一次后,林家人对她客气了,吃饭喝水上厕所甚至走路都先让着她。小麦反倒不自在了,也大手大脚地让,有时不小心就把头碰一块儿了。在厨房里,小麦偷偷问林木,我是不是真的犯了什么错误?林木说,你错误犯大了,你一顿饭把一家人一个星期的口粮都造了。小麦"嘎嘎嘎"地笑。这是她来林家后第一次敞开了笑,没人出来阻止她更没人给她脸子。只有林海笑眯眯探头探脑地扒开门看了一下,又赶紧溜了。小麦说,我还是第一次看见林海笑呢。

小麦反过来编排林木,我听我娘说你第一次去我们家,光粘豆包就吃了一担。林木说,那是因为我从来没吃过啊。两个人又回忆起了在农村的生活场景。说到高兴处,小麦又"嘎嘎嘎"地大笑。林木趁机提醒她,以后不要这样笑,要笑,也要小点声。小麦说,为什么?林木说,影响别人啊。小麦说,难道我高兴了,还能影响别人吗?难道我高兴了,别人就不高兴了吗?林木说,你为什么那么容易高兴啊,你是不是"嘎嘎嘎"一笑,眼前就是粘豆包啊就是钱啊!小麦说,我一笑,就什么烦恼事都没了。前几天,我在西直门火车站候车室里过夜,我饿啊,我睡不着啊。我一想啊,你不要我了,你妈把我赶出来了,干脆,我就把你们当烧鸡烤着吃了算了。我一闭眼睛,就感觉眼前是红红的火苗、焦黄焦黄的鸡肉。我第一天晚上烤你妈,第二天晚上烤你,第三天晚上烤小溪,第四天晚上烤林丛,第五天晚上烤我自己……一想到把我自己都烤了,我真是馋到姥姥家去了,我那个乐啊,一乐,就睡着了……林木说,你为什么烤自己不烤林海和小路呢?小麦说,我一进这个家门,林海和小路就管我叫大嫂,他们和我亲着呢,我才舍不得烤他们呢。林木说,让你受委屈了……小麦说,我委屈什么,你看,现在家里人对我不是挺好吗?林木说,你可真是个傻老婆,别人给了你一滴水,你就以为见到大海了。小麦说,现在家里人对我就是挺好的嘛。林木说,谁对你好还能赶得上我对你好?说完了,林木就去抓摸小麦,被小麦推开了。林木说,晚上练练兵吧?小麦说,抓摸抓摸、比划比划就算了,真枪真刀的干就不要了吧?林木说,你不想让我高兴高兴?小麦说,你高兴了,你妈就不高兴了。为了让你妈高兴,我们就暂时停火吧。

林木拿小麦没辙儿了。

婆婆主动问小麦,你都来这么长时间了,给家里写信了没有?小麦一见婆婆给她好脸子,笑得嘴都合不上了,说,前些天就给我爹写了,我爹还没给我回信。婆婆说,下次再写,给你爹问好。小麦这种愣了吧唧的人,一高兴就忘乎所以,一忘乎所以就什么都敢说敢做了。她竟然管婆婆叫起了娘。小麦说,娘,你放心,我一定把话带到。婆婆身上顿时起了鸡皮疙瘩,但她还是忍住了没有发作。

这一天,婆婆夸小麦做菜有了起色,越来越好吃了。小麦一高兴又管婆婆叫起了娘,并且越叫越顺嘴儿了。小麦说,娘,林木在小西沟时就说了,我有做饭的天赋。前段时间,我没敢出手,是因为我不知道你们的口味。现在好了,我知道你们得意哪口儿啦。其他的,就是小菜菜了。婆婆终于忍无可忍,郑重地向小麦摊牌:她不习惯别人管她叫娘。可是小麦叫"妈"又有严重的口音,听起来是"忙"的四声,难听死了。婆婆好像是自言自语道,叫阿姨吧,不合适,那是干部子弟们常用的称呼;叫伯母吧,也不合适,那是知识分子家庭常用的称呼。有了,婆婆突然大叫,你就先叫我杨老师吧。这一刻,小麦才知道,原来婆婆在"文革"前就是讲师了。

尽管婆婆把小麦说得五迷三道的,但她毕竟长了见识。原来,婆婆很了不起。事后,小麦问林木,讲师到底是个什么东西。林木把职称的一系列名称给她讲了半天,她也没听明白。林木说,这就对了,教授们每天要干的就是把本来简单的事情给搞复杂了,并且越复杂越好。这似乎成了一句预言。后来,林木也死乞白赖地评了个教授。他写的那些狗屁文章,全是从西方学界扒过来的名词、概念和观点,连他自己都看不明白。

然而,小麦毕竟开始受到了所谓的文化的熏陶了。

婆婆原来工作的大学要编纂一本方言词典。他们找到婆婆,请她写北京方言部分。婆婆像是焕发了青春,工作特别认真,跑图书馆查资料,去胡同搞田野调查,每天忙得不亦乐乎。这样一来,她就无暇盯着小麦了。小麦一度获得了空前的自由。她每天早晨伺候公公吃完早点,就骑着自行车带着一杆秤去天坛公园附近的一条街上摆地摊儿卖菜。她没有进货渠道,只能从别人手上倒腾,说白了也就是个三道贩子。一开始,有的老摊主挤对她,她只好打一枪换一个地方。她的秤分量足,嘴又甜,眼瞅着就要站稳脚跟了。一个叫艾大姐的坐地户看着她眼红,仗着在家门口混,就祸害她。艾大姐老趁小麦上厕所时,给她的菜浇水。这么一弄,小麦的菜卖不出去了不说,还遭到了买菜的人鄙视。一个实心眼儿的人要是被人误会为心眼儿不好,她的头还能抬得起来吗?

一次意外事故给小麦的所谓的小生意带来了转机。

原来,艾大姐是个悍妇,天天打男人。男人实在忍无可忍,就在家里喝了安眠药。艾大姐的女儿发现了,从家里跑出来喊救命。小麦好管闲事,用菜叶子包起地上一泡新狗屎,跟着艾大姐就跑。到了艾大姐家不由分说把狗屎兑上醋,再用棍子搅匀了,指挥着大家把艾大姐男人嘴巴撬开,把狗屎汤子灌进去,两三分钟后,艾大姐男人开始"哗哗"地呕吐,都快把肠子吐出来了。等救护车到时,艾大姐男人早就脱离危险了。医生说,这土办法虽然野蛮了点、恶心了点,但厉害,简直太厉害了,要不,病人早就没命了!

艾大姐激动得给小麦跪下了,说,你的大恩大德我这辈子都报不完啊!小麦说,没那么严重。我得看我的菜去了,别让人给我泼了水、撒了尿。艾大姐一拍胸脯子,说,今后谁要敢再欺负你,我砸他的核桃仁儿我喝他的骨髓油,姥姥!

林木宿舍的一位同学买了一双三接头皮鞋,走起路来跟当兵的似的,雄赳赳气昂昂的,他们宿舍一层楼的都能听见,同学们羡慕死了,林木更是眼馋得不得了。有一次深夜,趁大家都睡着了,他光着脚悄悄地把同学的皮鞋拿到楼外穿上,跑到大操场上走了好几圈。他暗暗发誓:一定要给自己买一双锃亮锃亮的皮鞋。是啊,一个校园诗人,连双皮鞋都没有,是有点说不过去。

掌握了婆婆的活动规律后,婆婆出门,小麦就出门。婆婆回来之前,小麦就回来了。一个月下来,小麦竟然赚了二十块钱。一天,林木趁小溪不在又来抓摸小麦。小麦为了转移他的注意力,把二十块钱拿出来给他看了。小麦说,一个月的房租有了。林木惊呼,你哪儿来这么多钱?小麦说,偷你妹妹的。林木继续追问,到底哪儿来的?小麦撒谎说,我昨天在路上捡的。林木说,捡的钱咱不能要。这样吧,把它给我,我去买些书,放到宿舍里,让同学们一块儿看,就算交给公家了。

林木说完,就把小麦手上的钱夺了过去。他飞奔离家,直奔了王府井商店。

林木拿着他在家里筹来的第二笔款,给自己买了双皮鞋。

林木穿着新买的皮鞋,连课都不想上了,每天就在校园里来回地溜。一旦有人注意到他的皮鞋了,他就在内心里把那人当成了他的兄弟姐妹,恨不得上前亲人家一口。宿舍里另一位同学偷穿了他的皮鞋,被他发现了,竟然跟对方大打出手。

星期六,林木回家了。小麦发现了他脚上的新皮鞋,把他拽到厕所逮住屁股就是一顿掐。家里人都快煮牛皮腰带吃了,他竟然把她的钱骗去给自己买了皮鞋。她能不生气吗!林木却说出了他备战考大学时发的毒誓:穿皮鞋还是穿胶鞋,就在今朝了!这件事,小麦是知道的,她当时觉得他是一个有理想的人,还为此感动过呢。

小麦无话可说了。心疼得不行,只好灌了一瓢凉水。小麦一抹嘴巴对林木说,趁家里人还没回来,你赶紧脱下来,要穿回学校去穿!林木不情愿地把鞋脱了放进书包里。

胖大嫂家阳台上的污水又流下来了,婆婆正在晾衣服,被浇成了五花脸。胖大嫂在自家阳台上看见了,使劲儿憋着笑。婆婆把头洗了又洗,把脸搓了又搓,越想越气,就上楼去敲胖大嫂家门。胖大嫂死活不承认她在阳台上晾过湿墩布,还让婆婆拿出证据来。婆婆冲进胖大嫂家阳台一看,墩布早就被拿走了。胖大嫂堵在门口不让婆婆出去,说她私闯民宅严重扰民了,还嚷着要去报告公安局。

邻居们都来看热闹。婆婆平日里跟邻居们的关系搞得很紧张,所以不但没人上前劝架,还有人拱火。婆婆急了,有些语无伦次了,她指着胖大嫂的鼻子说,你才扰民呢!胖大嫂说,我怎么扰民啦?婆婆脸红了,说,你跟你男人每天晚上都那么大动静。胖大嫂问周围的人,我们动静大吗?大家都说,不大。胖大嫂指着婆婆的鼻子说,我明白了,你弄不出动静来,所以你嫉妒我。婆婆恶毒地说,你一个没教养、没文化的小市民,我干吗嫉妒你?胖大嫂又问周围的人,干那事儿需要有教养、有文化吗?大家都说,不需要。胖大嫂说,你男人有教养、有文化,可他那儿不行,所以你看我眼红,你嫉妒我。婆婆说,不要脸!婆婆扒开人群要走。胖大嫂说,你也不能太要脸了,大知识分子,下次头上再被泼了污水,你先别洗,直接冲上来,抓我个现行,我能不承认吗?婆婆被羞辱得眼圈都红了,说,简直太不要脸了!

婆婆正坐在过道的椅子上掉眼泪呢,小麦回来了。小麦问,杨老师,你怎么啦?婆婆没回答小麦的问题,反而因为她出去瞎跑把她数落了一番。小麦去问公公,公公就把事情大概跟她说了一下。小麦说,看我不把这个泼妇撕烂!婆婆挡在小麦面前,说,你要敢出去撒泼打滚儿,你就从这个家里滚出去!小麦说,都什么时候了,人家都骑我们脖颈子上拉屎啦,你还死要面子,那面子能包饺子咋的?

小麦这一次没听婆婆的。她端了一盆脏水,守候在楼门口。胖大嫂嗑着瓜子,美滋滋地出来了。小麦把一盆脏水全给胖大嫂浇到了头上。胖大嫂明白过来是怎么回事时,扑过去就要抓挠小麦的脸,小麦动都没动,死死地攥住了胖大嫂的手腕儿。小麦说,跟我动手,你骨头还没长齐呢!胖大嫂说,好,我不跟你一般见识。你不是来看病的吗,等你走了,我找杨文采,我非打她个文采飞扬,让她满地找牙!小麦说,那我就先不走了,我把你招呼好了再说!

一上午,胖大嫂都待在家里,不敢出屋,也不敢声张。因为她还从来没碰到过小麦这样的硬茬儿。下午,她贼眉溜眼地出来了。刚要出楼门口,看见小麦,扭头就往回跑。小麦端着盆就追。在楼梯上,小麦抓住了胖大嫂。小麦一手举盆,一手把胖大嫂的衣领扒开,把一盆脏水浇到了里面。

正要下楼的婆婆看到了这一幕。她站在那儿,高兴得咬牙切齿。小麦转身的时候看见了婆婆,但婆婆却装作没看见她们。

胖大嫂被弄蒙了,说,有你这么打架的吗?小麦说,那你说怎么打吧。胖大嫂说,上午刚打完,下午又打,打得人措手不及啊！再说了，打架总得有个借口吧，不能说打就打啊！小麦说，我跟你说过，我会随时招呼你的。胖大嫂低三下四地说，这回我是真服了，你就放过我吧。小麦大声说，那你还敢不敢让杨文采文采飞扬、满地找牙啊！胖大嫂说，不敢了，绝不敢了！

婆婆那个气啊！

这时，有个女人从远处走来了。那女人高喊，胖大嫂，你这是怎么啦，怎么跟落汤鸡似的？婆婆听见了，一转身，上楼了。胖大嫂说，不怎么，我跟小麦切磋切磋。那女人看了看胖大嫂和小麦，满腹狐疑地进楼了。

胖大嫂一抹嘴巴，说，这水怎么一股猪蹄子味儿？小麦"嘎嘎嘎"地笑了，说，那是我的洗脚水。胖大嫂"哇"地一下吐了。

傍晚，妈妈绘声绘色地跟小溪和林丛讲了小麦整治胖大嫂的过程。讲完了，妈妈捂着胸口说，这些年我这儿一直堵着，小麦来了以后，更堵了，没想到她一盆脏水泼出去，我这儿通了顺了也畅了！林丛说，看来这贫下中农也不是一无是处啊！小溪说，这回我总算可以去阳台晾衣服啦！

正说着，小麦从外面回来了。小溪一撇嘴，说，谢谢你，社员同志，为我们家出了一口恶气！小麦说，小菜菜，小菜菜！婆婆却把脸子一拉，说，你去哪儿啦？我听说你在天坛那儿摆摊儿卖菜呢！小麦招了。婆婆大叫，你那是投机倒把你知道不知道！你那是犯法你知道不知道！你要是哪天让公安抓了，我们家这脸往哪儿搁啊！爸爸一听,也激动了,大咳不止。小麦跑进屋里,说,您别着急,我不去了,我再也不去了。

小麦又开始猫在家里了。婆婆还想办法把小麦兜里的钱给抠出去了,抠得一个子儿没剩。后来,林木知道了,说,你这个傻老婆,你怎么不藏起来呢,全让人剥削走了!

林木回家的次数越来越少了,丫丫也上幼儿园了。小麦感到有些无聊,就弄了本菜谱研究怎么做菜。她还弄了口缸放在楼道里,腌了酸菜。邻居们嫌臭,有意见,婆婆也觉得脸上挂不住。好不容易有点尊严了,又让小麦给得瑟没了。等酸菜腌好了,吃起来却很香,才知道乡下的腌法跟北京的不一样。小麦还给邻居们送了些。婆婆让小麦离那些臭老娘们儿远一点。小麦说,在您眼里,我不就是个臭老娘们儿吗,我离我自己远点,那不是出鬼了吗？婆婆被小麦气得笑了,说,那"臭"字可是你自己加上去的啊。

因为吃了小麦的酸菜,邻居们对她的态度不一样了,友好了。小麦似乎受到了鼓舞,一有好吃的,就给邻居们送去。邻居们有好吃的,她也上手就抓。有些刻薄一点的邻居很忌讳这些,背地里叫她"傻大姐"。有一次,她听见了,不但没生气,反而乐呵呵地说,我妈原来就这么叫我,"傻大姐"、"傻大姐"的,我听着特亲。从此,邻居们不好意思在背地里叫了。她们当面叫小麦"傻大姐",小麦也真的没什么不自在的。这样一来,大家彼此就真的很亲了。

彼此那么一亲,就容易掏心窝子了。有一天,胖大嫂把小麦拉到走廊尽头悄悄对她说,妹妹,你到底是来看病的社员还是林木的媳妇儿?小麦说,你说呢?胖大嫂说,丫丫的眼睛跟林木的一样一样的,这还用我说吗?要我说,你那婆婆可真不是个东西,她怎么能这样对待你呢?小麦说,她就是好个面子。胖大嫂说,要我说,她就是捋胡子坐摇篮——装孙子呗。小麦说,你是不是皮子又紧了,我给你熟熟?胖大嫂说,你别动不动就给我耍横,我原来也是这个院子里的一号人物呢,你现在给我弄得,我都没法做人啦。得了,说正经的,你可得小心林木变心啊!小麦说,变什么心啊,红的还能变成黑的?胖大嫂说,变成花的啊,他现在是大学生了,嘴皮子又溜,长得又样样儿的,万一学校哪个漂亮的小女女看上他怎么办?小麦说,不会的,他发过毒誓,说这辈子都会对我好的。胖大嫂说,男人填乎女人的话就是个热屁,还没等溜出裤兜子呢,就早已经哇凉哇凉的了。

爹来信了。信上说把婆婆的四百块钱和手表给寄回来了,让婆婆查收。信上还说,上次在小西沟也没好好会会亲家,请亲家原谅。

妈妈去邮局把钱和手表取回来后,对小溪说,贫下中农有贫下中农的狡猾,他们把钱和手表寄回来,是想把后路给我们堵死啊。小溪说,依我看,这家人还是厚道人家,他们要是打着要彩礼的幌子昧下呢,你不也得哑巴吃黄连?你不也担心过这钱拿不回来吗?妈妈说,我们林家稀里糊涂地娶这样一个儿媳妇儿,一个没文化、没素质又没户口的农民,我心不甘啊。小溪说,你不甘有什么用?我大哥不是挺美的吗?妈妈说,小麦是个狐狸精,她一扭屁股就好像发出了一股特殊的味儿,这股味儿把你大哥给彻底蒙汗了、麻翻了。小溪从鼻子里吹出一股冷气,这股冷气最后变成了一句锋利的话:哪儿来的狐狸味儿,不过是猫腻狗骚而已。

然而,林家毕竟有了接受小麦的意思了。

婆婆对小麦客气了,跟她说话不再掉个脸子。小溪更是落实到行动上,送了小麦一条旧裤子。裤子有点瘦,也短了一截儿。小麦把裤腰放开了,又在裤脚接了块颜色相同的布。小麦一穿,觉着好得不得了。

小麦受到了鼓舞,她觉着小溪跟自己也亲了。小溪不在时,小麦把她的衣服一件一件地试穿,还让小路当裁判,看看好看不好看。小路认为大嫂比小溪漂亮多了,小麦就从兜里掏出一块糖给了小路。

婆婆的脏衣服放在盆里,小麦给洗了。婆婆心里还挺高兴。小麦这次有事干了,到处搜罗脏衣服来洗,连林丛的也洗了。小路更是不像话,连臭袜子都甩给小麦。

有一次,小麦把婆婆的脏内裤也给洗了,婆婆心里觉得很膈应,但没吱声。后来,婆婆再有脏内裤就放在枕头底下,可还是让小麦给翻了出来。小麦像捡了便宜一样,赶紧跟自己的内裤放在一块儿洗了,生怕别人抢走似的。婆婆发现了,跟小麦彻底翻了脸。婆婆大叫,请你以后尊重别人的隐私好不好!小麦被婆婆的样子吓坏了。小麦去问林木什么是"隐私"。林木给她解释了半天,她也没弄明白。林木最后只好说,给你打个比方吧,在农村,不是总有人"扒灰"吗,一旦谁"扒灰"了,被别人知道了,给他散布了,这个散布的人就侵犯了"扒灰"人的隐私了。小麦总算是豁然开朗了。后来她问起婆婆的年龄和公公的病因什么的,婆婆又以"隐私"为由,把她抢白了一番,小麦又糊涂了。她对林木说,我还是拿针线把自己嘴巴缝上好了。

小溪买了一条红纱巾。小路趁小溪午睡的时候,偷着拿去戴了。小路在同学家显摆时,红纱巾不小心被同学的哥哥撒上了墨水。小路回家后,被小溪捶了一顿。小路哭着说,大嫂还穿你衣服了呢,你咋不管?

晚上,小溪上厕所时忘了锁门,小麦知道小溪在里面还是想进去刷牙。小溪尖叫着把门从里面撞上了。小麦的前额被碰起了一个鸡蛋大小的包。林丛回来了,看见了小麦前额的包,幸灾乐祸地说,大嫂,不疼吧?要不要我也给你揉揉?

小麦又偷着去摆了两次摊儿,仅仅是两次,就被小溪闻出了异味儿。那时,林丛在他工作的制锁厂要到了一个单身宿舍床位,他也只有周末回家了。小溪首先拆穿了小麦的阴谋诡计,而后说自己要搬到过道去睡。小麦说,要睡过道也是我去。求求你,我的事你千万别跟丫丫爷爷、奶奶讲。

小溪也不知是哪儿来的劲儿,竟然跟小麦把小麦和丫丫的上下床给搬了出去。于是,小麦又开始睡在厕所门口了。

学校的文学社组织了一次主题诗歌朗诵会,同学们就给定的题目——生活,分别登台发表自己的高论。有的同学写的是,生活:眼泪;有的同学写的是,生活:迷惘;有的同学写的是,生活:网;有的同学写的是,生活:梦;有的同学写的是,生活:?;有的同学写的是,生活:!。总之,一个比一个简洁,一个比一个朦胧,一个比一个抽象。轮到林木了,他写的是一首长诗,叙述了他在农村劳动的场景。大家都被他念得犯了瞌睡。特别是他念到"我坐在高高的谷垛上,真想扯片白云擦擦汗,就着太阳点袋烟"时,台下有人喊,你这是"文革"的残渣余孽,下去吧!大家就跟着起哄,下去吧!

林木被同学们轰下了台。

林木羞愧万分,甚至都不好意思回宿舍睡觉了。他倚着宿舍楼前的一棵树,上吊的心思都有了。这时,一个叫黄鹂的同班同学悄然来到了他身旁。黄鹂也是北京人,比林木小五六岁,长得很清纯,很文静,是中文系的系花。黄鹂对他说,别伤心了,伤心也没用,现在的关键是要找到问题的症结。不客气地说,你的诗太土,太空。林木说,那我该怎么办?黄鹂说,多读一些国外大诗人的作品,掌握诗歌表达的真谛。林木说,你认为诗歌的真谛是什么?黄鹂说,我觉得好诗有两类,一类,写日常的生活,写出了它的真实和庸常的,是好诗;一类,写想象的生活,写出了它的无奈和残酷的,是好诗。林木说,那我现在的诗呢?黄鹂说,是所谓的革命浪漫主义,很幼稚。林木说,我是不是很没前途啊?黄鹂说,你的身上有一种忧郁和幽默的气质,这些都是一个诗人应该有的潜质,如果你能抛开虚荣心的话,也许能写出好诗来。

为了参加下一次诗歌朗诵会,林木去图书馆借了一书包诗集,废寝忘食地阅读。在家里,有时候半夜也要从阳台摸到厨房,把梦中的灵感记录下来。有一次,小麦去厕所,看到厨房有个黑影,还念念有词的,以为是鬼,吓得半死,开了灯,才看到是林木。

林木几易其稿,终于写出了一首《过路人》。林木给已经脱了衣服准备睡觉的小麦念了一节:……屋门开着,大嫂的笑声,趟过了门前的河。一条大黄狗,卧在那儿,看着我这个陌生人,不咬我。林木不可能从小麦那儿得到共鸣,因为她已经睡着了。林木使劲儿把小麦掐醒,问道,怎么样?小麦嘴角流着哈喇子,说,一条死狗。林木说,为什么是死狗?小麦说,小偷都进院了,那狗还在那儿趴着,不是死狗是什么?林木说,鸡对鸭讲,典型的鸡对鸭讲!

黄鹂来家里找林木了。因为事先没有约定,搞得林木很紧张。除了小麦,其他人对黄鹂的到来都异常兴奋。婆婆就更甭说了,都快把黄鹂的小手捏碎了。小溪也积极主动地把房间让给林木和黄鹂。

黄鹂是来动员林木参加晚上的诗歌朗诵会的。因为她听同学说,林木准备放弃了。黄鹂把林木的新作看了一遍,提了一点意见,鼓励他上台。

小溪犯坏,撺掇小麦去给林木和黄鹂倒水。小麦还真去了。林木假装正在记录,没把小麦介绍给黄鹂。小麦裤子的屁股蛋子上打着补丁,这让黄鹂误会了。小麦出去后,黄鹂说,你们家的保姆挺漂亮啊。林木赶紧把话头儿给岔过去了。

多事的胖大嫂一直尾随黄鹂到了楼门外。小路领着丫丫在院子里跟黄鹂打了个照面。

胖大嫂送走黄鹂,又来敲门,她要找小麦聊聊,被小麦拒绝了。

下午,趁家里没别人,小麦在厨房里干活时,故意屁股一扭一扭的,嘴里还哼唧着,像只发情的野兽时不时在林木的怀里拱一下。林木的血一下子就冲到了头顶。林木用胳肢窝夹着小麦跌跌撞撞来到小溪的屋里。

79

两个人已经好几个月没亲热了,干柴遇到了烈火,小麦也是疯张的。可是就在林木把小麦往小溪的床上扔的那一瞬间,小麦喊了一句,不行,不能在小溪的床上,她闻得见!林木气急败坏地说,那你说在哪儿?小麦说,只有这屋最安全,就在地上吧。林木说,那就地上吧。说着,就要把小麦撂倒。小麦说,地上太凉了,总得铺点东西吧?林木说,你这什么时候学的,怎么跟那些女学生一样矫情啊?小麦说,你碰过女学生啦?林木说,碰过啦。小麦说,碰哪儿啦?林木说,你想让我碰她哪儿吧?小麦说,膈应人。

林木去过道把小麦的褥子扯来。林木抱怨说,跟你睡个觉,比在生产队干一天活还累呢。小麦说,干活你不得又套牲口又驾辕的,那睡觉你不也得又铺褥子又脱衣服的嘛。

两个人滚在了地上。小麦扳着林木的脑袋说,林木,你第一次抱我,是在高粱地里,我感觉我们又回到了那片红红的高粱地啦!

亲热完了,小麦不让林木起来。小麦扳着林木的脑袋,说,上午来的那个女学生是谁啊?林木说,我们文学社的一个社员,她是顺道来通知我参加诗歌朗诵会的。小麦说,她长得还挺漂亮的啊。林木说,还行吧,我没太注意。小麦说,什么时候你也带我去参加诗歌朗诵会吧。林木说,为什么?小麦一本正经地说,我也是社员啊。林木被小麦逗笑了,说,膈应人。

婆婆从外面回家了。她一看两扇屋门都关着,就猜到林木和小麦又纠缠到一块儿了。她"叮叮咣咣"就是一阵乱摔。不一会儿,林木和小麦脸红脖子粗地从小溪的屋里钻了出来。林木主动说,妈,我们刚才聊天来。婆婆问,你们聊什么呢?林木说,一些劳动问题,一年多没劳动了,聊起来,还挺感慨的。婆婆问,什么劳动问题?播种啊还是插秧啊?拔草啊还是收割啊?小麦说,哟,杨老师,没想到您一个大学教授还知道劳动上的事,了不起!婆婆说,不是教授,是讲师。小麦说,哟,对不起,我老分不开勺子和舀子。婆婆说,我没什么了不起的。你们以后别把我当成聋子、瞎子就行了!

小麦被婆婆说得草鸡啦。

婆婆又气又羞,一下午都没抬起头来。晚上,有只野猫在楼下叫唤。婆婆指桑骂槐地说,这些个不要脸的东西,大冬天的叫什么春啊!

林木的诗歌在朗诵会上获得了大家的普遍认可。之后,他又拿出了厚厚的一摞诗稿,哆哆嗦嗦地请黄鹂斧正。

婆婆想了一宿,还是决定跟小麦谈谈。婆婆直截了当地说,小麦啊,城里不是乡下,家里也不是高粱地,你得含蓄点,别让大家太难堪了,你看,你眼前又是公公又是小叔子的。小麦"嘎嘎嘎"地大笑说,杨老师,你都知道高粱地的事啦?

婆婆恼羞成怒地说,什么高粱地,一点羞辱廉耻都没有!

现在的林木跟以前不一样了,走路都飘飘然了,感到有好多女生在看他。因为年龄的差距,加上在农村待得太久了,他跟班里的同学有很深的隔膜,这隔膜让他有些自卑。他本来很善言辞,上了大学却显得很木讷。一首小小的诗歌,让他找回了自我。一簇小火苗在他心里烧了很长时间,把他烧得心急火燎的。没办法,连续一个星期,一到晚上,他就找借口去女生宿舍,一聊就聊到熄灯。有一天,聊到了黄鹂所在的宿舍,屁股刚挨凳子,黄鹂突然从蚊帐里探出头来,说,对不起,我们要睡觉了,你去别的屋聊吧。他这才灰溜溜地撤了。

妈妈追问林木,你跟小麦是怎么认识的?林木就拿"在劳动中认识的"来搪塞妈妈。妈妈问,那高粱地是怎么回事?林木说,要劳动,就离不开高粱地啊。妈妈说,你是不是让小麦在高粱地里把裤子给扒下来的?林木打了一个冷战,说,这可不像一个女知识分子问的问题!

林木警告小麦说,你不要什么事都往外胡咧咧,我和你的故事只属于我俩,这是绝对的隐私。小麦说,我还以为是你跟你妈说的呢!林木说,你才跟你妈说呢。话一出口,又觉得重了,补充道,有时候,男女之间的事不但不能跟别人说,男女之间自己都不能说,就让它那么模糊的、似有似无的待着,这种感觉也许更美妙。窗户纸捅破了,就没意思了。小麦琢磨了一下,说,有道理。我俩有些事以后也得模糊着。但以后你跟哪个女同学有事儿了,可不能模糊啊。一有风吹草动,我就见得着兔子的尾巴。

黄鹂给林木送了一张电影票,电影票是第二天晚上的。黄鹂说了一句,电影院门口见,然后就走了。

可是第二天恰好是丫丫的生日,林木已经答应回家陪她过生日了。晚上,才一顿饭的工夫,林木恨不得去八趟厕所,那张电影票已经被他揉成一团了。小麦看他心不在焉的样子,就说,你是不是有事啊?林木说,学校晚上有个讲座,特别好,我本来想去听呢。小麦说,那就去吧。林木咬了咬牙,说,算了。据说讲座的人就讲他写的那本书,哪天我买来看看得了。

夜里,小麦偷偷塞给林木五块钱,说,拿去买书吧。林木本不想要的,因为上次为了买皮鞋已经欺骗她一次了,这次再要她的钱,实在是有点下作。可是作为一个男人,兜里又怎么能没点零花钱呢?林木犹豫再三,还是把钱接了。然后,林木问,你是不是又去搞投机倒把了?小麦说,现在管得不严了,有好多"老插"都在倒腾呢。林木说,倒腾什么?小麦说,蔬菜、水果还有副食品。林木说,我警告你,不谦虚地说,我现在可是天之骄子,你哪天要是被抓了,可不能给我抹黑啊!

林木再见黄鹂时,非常不好意思,他撒谎说,我昨天晚上陪我爸去医院了。黄鹂莞尔一笑,善解人意地说,我知道你有事。后天晚上是《瓦尔特保卫萨拉热窝》,一部南斯拉夫影片,我们还是在电影院门口见吧。

在电影院门口,黄鹂见到林木,先是一愣,继而大笑。她笑完了,掏出小镜子让他照照。他一看自己像个白眼儿狼,只好招了:为了让这次见面更有仪式感,我偷搽了妹妹的雪花膏。她说,那哪儿是什么雪花膏,那是增白粉蜜!他说,完了完了,这些年在农村待傻了,不知道又出了这么多妖蛾子玩意儿。她说,不过,你的样子真的挺可爱的。

黄鹂的一句话像小兔子一样跳进了林木的心房。一场电影看下来,他的裤裆都湿了。

两个人一块儿回学校,黄鹂的手有意无意地碰到了林木的手。他身上立刻像过了电,又像吃了狗肉一般,浑身冒火。她故意问他,你怎么啦?他说,被瓦尔特的牺牲精神感动了。

这一夜,林木做了个梦。他梦见自己把被黄鹂碰过的那只手剁了下来,放在一个盛满酒精的瓶子里泡了起来。他每天看它,一直到死。这实在是个奇怪的梦。

小溪发现增白粉蜜被别人动过了,非常气愤。她把一个装增白粉蜜的空瓶子装满了白灰笑吟吟地送给小麦。小麦笑得嘴都合不拢了,当场试抹,结果白灰弄到眼睛里去了,用了一盆清水才洗净。

林木回来了,小麦有委屈又不敢跟他讲,就躲在厕所里掉眼泪。林海跟林木讲了,可林木又能拿小溪怎么样?一气之下,林木敦促林丛给小溪的房间安了把锁。林木还恶毒地对小溪说,以后你就是把贞节丢了,也别怀疑我们!妈妈听见了,说,你那是人话吗!

林丛不失时机地朝林木要了一元钱材料费和安装费。

林海从小就孤僻,很少讲话。现在上高中了,一回到家就钻进姐姐和妹妹的屋里做题,吃饭都得喊无数次。林海学习成绩很好,可是最近却老头疼,有时成宿地睡不着觉。人瘦了,成绩也下降了。妈妈说,都是家里人多闹腾的。妈妈领着林海去看了几次病,吃了好多中药,也没怎么见效。

又是星期六,婆婆抱着丫丫跟小溪、小路和林海一块儿去逛北海公园,留下林木和小麦在家。婆婆还故意跟小麦说,不着急,我们得四五个小时才回来。小麦有些脸红,也张罗着去。婆婆说,那好啊,你来北京后还没好好逛过呢,一块儿走吧。说完,就拿手去拽小麦。小麦又后悔自己嘴欠,挣脱了婆婆,说,我得尿一泡去。小溪说,林海还在呢,你文明点行不行!小麦假装扇了自己嘴巴一下,就钻进厕所,半天不出来了。终于把婆婆他们耗走了。

林木追到门外叫住小溪,悄悄跟她说,哥要买一套《托尔斯泰全集》,钱不够,麻烦你借哥点儿。她白了他一眼,说,看你那恶毒样儿,真不想理你。就这一次,一个月内还我。他说,一次已经帮我大忙了。她借给了他十块钱。他说,还是有妹妹好,哪天,我一定再动员妈给我生俩妹妹!她说,书都读念到狗肚子去了。你就缺德带冒烟儿的吧,你。

小麦从厕所里出来,对林木说,我还是想念那片红红的高粱地啊!

两个人眉来眼去的刚要腻歪呢,这才想起来小溪的房间已经上了锁。林木示意小麦就在过道操练,小麦小声说,你爸耳朵太尖,听见多不好,还有,你妈说不定什么时候又杀回来了,今天就不练了。林木说,我看你是存心的。我难受,你就高兴了。小麦说,哟,我可没那业余爱好。你妈才喜欢把自己的幸福建立在别人的痛苦之上呢。

妈妈的一个表哥从上海来北京跑落实政策的事,顺便看看表姐。他见到林木就一顿夸,说林木是两家中最有出息的一个孩子,还说林家祖坟冒了青烟。林木听了这话很受用,热情洋溢地抒发了自己要当一个作家的远大理想。正说着,小麦抱着丫丫从外面回来了。表哥问,她们娘儿俩是谁?婆婆瞪着眼睛说瞎话,说是林木插队的生产队的一个社员,来北京走亲戚了,乡亲们托她给林木带点土特产来。尽管他们的声音很低,小麦还是清楚地听见了。林木在边上一声没吭,似乎婆婆说的就是事实。小麦此时真真切切感受到了城里人的可恶!

妈妈咬着牙作出了一个决定,中午请表哥去吃涮羊肉。原计划只是妈妈和表哥两个人去。表哥说,那多不好,都去,那个老乡也去,我请客。话说到这个份儿上,家里人就都得去了。

吃饭之前,小麦偷偷问过林海,我没吃过,怎么吃?林海说,等涮锅里的水开了,把东西放进去,一煮就可以吃了。

水开了,但羊肉还没上来,小麦站起来不由分说地就把麻酱、韭菜花和糖蒜一股脑儿地倒进了涮锅里。

包括服务员在内的所有人都惊呆了!

林木大叫,你没吃过肥羊肉还没看过肥羊走吗!

林木觉得颜面扫地,拂袖而去。

吃完饭,表哥回家坐了一会儿就走了。胖大嫂早已在楼下等候了。胖大嫂跟表哥说,他们肯定跟你说小麦是一个走亲戚的老乡,我告诉你吧,那是林木的爱人,从农村带回来的,特愣,特土,特傻,就是一"傻大姐"!

小麦这回真生气了。任凭林木怎么胳肢她,她都不理他。他只好动用他的三寸不烂之舌了。他说,我妈也是没办法,她也不愿意撒谎。上海人排外,连北京人都瞧不起,表哥都多少年没跟我们走动了,听说我考上了大学,这才上门了。他要知道了你的真实身份,回上海就得给我们家刷标语,这关系到北京的面子。我们家的面子可以不顾,北京的面子我们能不顾吗?我妈这人就一个缺点,要面子。要面子,也就是顾全大局。她说,我看你妈是打粉进棺材——死要面子。你妈死要面子啦,那我呢,以后人家知道真相了,怎么说我啊?他说,这辈子,我表哥也就来这一回了,管他怎么说你呢,我对你好就行了呗!她说,你就日哄我吧。我问你,你是不是在学校跟别人说你没老婆啊?他说,向毛主席保证,我上星期拿肉丸子给宿舍同学尝了,他们直夸你的手艺好呢!还有,我的衣服在全班男生里是最干净、最板正,也是最香的,人家一看,就知道是有老婆伺候的人,我想瞒都瞒不了!她说,你就日哄我吧。他说,我不日哄你我日哄谁啊。

因为心虚,林木一个晚上都不敢正眼看小麦。小麦反倒过来安慰林木了,你看你,小心眼儿的,我都不生气了,你怎么还耿耿于怀啊。

这次事件之后,小麦也开始琢磨一些事了。她觉得自己不能做一辈子睁眼儿瞎,这是在北京啊!她当时喜欢林木,不也正是因为他是北京小伙儿吗?那么多的农村青年包括大队书记的儿子她不都没看上吗?林木喜欢她,是因为她是个土包子吗?肯定不是。可她现在不是个土包子又是什么,只不过这个土包子要死要活跑到北京来了!如果她当一辈子土包子,北京早晚会抛弃她的,到那会儿哭都来不及了。

想到这些,小麦后背直冒凉气。她把家里的书找出来,没事就看。其实,那些书除了高中课本,都是公公的理论书。理论书她看不懂。她是上过初中的,高中课本是能看懂的。还有啊,她曾经在知青点借过几本小说看,要说也是文学青年了。

一个念过高中课本的文学青年,再去看林木念过的书,应该是没问题的啦。后来,她就赖着他让他往回拿书给她看。再后来,她还报考了夜大的工商管理专业。当然了,她也遭到了他无数次的耻笑。但后来的事实证明,她当时的选择是多么的正确!

嘲笑小麦的不止林木一个,自然还有林丛和小溪。不知为什么,婆婆这次却保持了沉默。一见小麦看书,林丛和小溪就说,哟,您准备考大学啊!出来进去的老喊小麦"大学生"。他们还念闲秧子说,这家里将来要有两个大学生啊,岂不是更盛不下你们了?

然而,还没等小麦考夜大呢,林丛却摩拳擦掌地要复习考大学了。他每天睡觉前都喊着要头悬梁、锥刺股了,尽管他一个觉儿都没耽误过。要说他的工作还是不错的。可他不正经干,老跟一帮小混混儿混,整天打架斗殴的,还到处"拍婆子"。如今他要考大学了,走正道了,妈妈特兴奋。可是爸爸坚决不同意,理由是,林木在上大学,小路和林海眼瞅着也要上了,林丛得挣钱供养这个家。林丛不干了!有一段时间,他天天喝得醉醺醺的,还砸东西,骂人,把家里搞得乌烟瘴气的。他说,我又不是家里的老大,凭什么让我作出如此巨大的牺牲!爸爸说,当年没让你下乡,这会儿,你不觉着你应该负点责任了吗?林丛这才闭上了他的臭嘴。

小麦第一次比较深切地感受到了自己和丫丫是这个家里的拖累。但她又没办法改变这一切,只好越来越低眉顺眼了。

林海的头疼病越来越厉害,只好休学半年。婆婆领着他去看病。为了省钱,连公车都舍不得坐。一天下来,婆婆的脚就红肿了。小麦在家里待得闹心,就主动张罗说她领林海去,婆婆同意了。她一直觉得把个儿媳妇和公公放在家里也不合适。

有时林海在医院一针灸就是一天,小麦就一天不吃东西,因为一个馒头六分钱呢。有一次在无意中,她发现医院旁边的一个大院子是一个由废弃工厂改造的盲流收容所。收容所收留从全国各地来北京的无业游民,隔一段时间就把他们分省后拉到火车站强行带上火车,遣回原籍。在收容这段时间内吃住是免费的。她每天混进去吃饭,然后趁混乱时偷偷溜出来。

可有一天中午,小麦正在狼吞虎咽地吃馒头呢,被发现了。人家问她从哪儿来的,她不敢说。于是,她也被当作盲流给收容了。

而此时,林木拿着小溪借给她的十块钱正在请黄鹂下馆子呢。聊到知青生活,他给她朗诵了他的一首新诗——《乡村》:茅草屋,苹果树,牵牛花爬上去,倭瓜花落下来……

黄鹂哪里知道,这首诗正是当年林木写给小麦的,只是林木又润色了一下。这次是真的润色了。黄鹂对林木的才华开始盲目地崇拜啦。

小溪正好路过林木吃饭的饭馆儿,她隔着窗玻璃看见了林木的表演。林木回家时,小溪向他借那套《托尔斯泰全集》看。他支吾着说,还没去买。她揭穿了他。她说,全家人勒紧裤腰带供你一人上大学,你却在外面乱搞男女关系,你对得起谁!他赶紧解释,并央求她不要对其他人讲此事。

林海从医院出来,找不见小麦,就慌了。他坚信大嫂不会回去,肯定是走丢了。

林海闯进收容所时,小麦正被两个男人调戏。林海大叫着把那两个男人推开,拉着大嫂就跑。

第二天,林海针灸完跟大嫂说,他不想回家,家里太憋闷。他特别羡慕大嫂,不管有什么事,躺下就着,还可以打呼噜。本来,经过这段时间的治疗,他已经有好转了,有活力了。可一进家门,就又反复了。小麦非常心疼这个弟弟,可是她有劲儿使不上。

林海问大嫂睡觉有什么诀窍。小麦想了半天,说,可能因为我从小在山里长大。空气好,水好,花好,草好,人的情绪就好。对了,在我们老家,出了家门就是大山,爬上去一站,往远处一瞭,什么烦心事都没了。小麦还说,干脆我领你去爬香山吧!

一连数日,林海在医院针灸完,小麦就领着林海去爬香山。来回坐了两次公车,小麦就摸出逃票的门道来了。林海有月票,小麦一上车假装去买票,就离开了林海,去远处坐了。前两次都让小麦逃脱了。第三次,小麦被逮着了。但她一句话都不说,只是直勾勾地看着人家。人家还以为她是半傻子呢。

小麦被揪送到西直门汽车总站,有人在她后背别了一张纸,纸上写着:我不要脸,我逃票啦!

小麦被罚,要扫一天大街。林海跑到大哥的学校,找大哥去领人。

汽车总站的办公室管理人员把林木一顿臭训。林木十分谦卑地说,她是我们家一个乡下亲戚,脑子有点毛病,没看住,跑出来了,给您添麻烦了。管理人员说,我说呢,看上去疯疯癫癫的。不能再让她乱跑了。林木说,回去我们找根绳儿把她拴上。

从汽车总站出来,林海说,你怎么那么说大嫂?林木说,我要不那么说,就得去单位开介绍信!

几个人步行回家。没走几步,林海就喊饿了。是啊,从中午到现在,他和小麦都还没吃饭呢。正好路过林木的学校,林海说,大哥,要不去你们学校吃点饭吧,这会儿正好是开饭的时间。小麦说,也是,我还没去过你们学校呢。林木舍不得去饭馆儿,又没有理由不让他们吃饭,就硬着头皮答应了。

但林木走路都有些打战了。快到学校门口时,小麦突然说,算了,我穿得跟个叫花子似的,还是别去了。林木赶紧说,那就回家吃。走了几步,林木对小麦说,你不要老说你是叫花子,就好像我们家虐待你了似的。

林海的病得到了控制,医生给他开了三个疗程的药,让他回家静养。抓药时,还差十多块钱。小麦悄悄对林海说,我从家里出来时,我爹给我塞了二十块钱,一直在我裤腰里缝着呢。你等着,我去趟厕所。

小麦哪来的二十块钱啊!她是在医院看见有人卖血,于是如法炮制,也去卖了,得到了三十多块钱。抽血的人告诉她要给自己补补。她就去医院门口买了根油条。正偷吃呢,林海来找她了。她做贼心虚,慌乱中把化验单掉在了地上。林海捡起来想给她,一看是卖血的化验单就傻了。但他没拆穿大嫂。

在家里休息了两天,小麦和林海又去爬香山。

在山上,林海跟大嫂讲了他七岁时一段刻骨铭心的经历。

一天,林海在爸爸的学校里玩,眼看着一个人从楼上跳下来。他们一帮孩子飞快地跑过去看热闹,因为被挡在外面看不到,他还跟一个小孩儿打了起来。等轮到他看时,跳楼的人已经把屎拉在了裤兜子里,满屁股都是黄黄的,奇臭无比。孩子们拿石子打那个人,他也打了。红卫兵来了,大叫着,既然是胆小鬼,还跳什么楼啊,都把稀屎吓出来了!等红卫兵把那胆小鬼的头翻过来一看,原来是爸爸!爸爸被抬到医院去了。妈妈赶到了,她告诫林海永远不能对别人讲他看到的经过,包括哥哥姐姐们。

小麦问,为什么?

林海说,大概妈妈觉着丢人吧。林海还说,现在大家都以为爸爸是被红卫兵打残的。

小麦问,从那以后你就不怎么说话了,是吧?

林海说,最近爸爸老做噩梦,醒来就问我他当时从楼上跳下来的情景,可是我不能说,我什么都不能说!爸爸太可怜了,连自己是怎么跳下来的都不知道!一看爸爸那样,我就头疼!

小麦说,林海,你觉得大嫂亲吗?

林海没头没脑地说,我已经知道你卖血的事啦。他把捡到的化验单掏出来递给大嫂,然后痛哭流涕。

小麦说,林海,你觉得大嫂亲,我高兴,以后不管有什么事,你就给大嫂讲,也许你讲出来头就不疼了!

到了山顶上,林海扯着喉咙对着远山就喊。他喊得奶声奶气,喊得声嘶力竭,喊得小胸脯都快胀开了。

从那一刻起,小麦就在心里暗暗发誓,她一定要疼这个弟弟,要像疼自己的孩子一样疼这个弟弟。在后来的岁月里,小麦为这个弟弟做了很多也许是妈妈才会做的事情。这个弟弟也曾给她带来很多安慰。她跟这个弟弟在一起时,有一种相依为命的感觉。这种感觉,在她和林木之间也很少有过。

林木写了一首叫《开会》的政治讽刺诗,还公开发表了,引发了人们对官僚主义的批判和反思。有关部门觉得这首诗给组织抹了黑,就来学校了解林木的情况。学校党委书记慌了,要开除林木。林木得知这个消息时,正在听课。他是打着战儿去见党委书记的。有人看见他屁股蛋子是湿的。传说他当时吓得尿了裤子。

是黄鹂的爸爸出面解救了林木。到那个时候,林木才知道,黄鹂的爸爸是市里的一位领导。那个时候,林木才知道,文学的弱小和权力的强大。

事后,黄鹂领着林木去家里拜访了爸爸。

黄鹂家的房子好大,有大客厅、书房、爸妈的卧室、黄鹂的卧室,还有保姆的卧室。林木第一次感受到人和人的生活是不一样的,人和人之间的差距真是太大了。

林木在大客厅里等了一个半小时,黄鹂的爸爸才处理完手头的文件。林木终于被召见了。黄鹂爸爸的书房挂着领袖的巨幅照片。黄鹂的爸爸也像一个领袖一样坐在沙发上,目不转睛地看着窗外的树干。

黄鹂的爸爸说话了,小鬼,鹂鹂把你的文章给我看了,你的文笔不错,我看以后可以搞文字工作。林木说,黄伯伯,我现在搞的就是文字工作。黄鹂的爸爸说,我说的文字工作是写材料。林木有些不解地说,写材料,就像前些年搞文斗那样……黄鹂的爸爸有些不悦,说,我说的写材料是做秘书。林木说,可是我想当个作家,黄伯伯。黄鹂的爸爸说,文人在什么时候都被别人捏在手里,你不也差点被人捏死吗?你得通过你的文字把你的五根手指变成权力,然后去捏别人。权力就是这样,只要你把它攥在手上,捏出汗来,权力又会重新长出五根手指,一用劲儿就又是一个拳头,有了这个无形的拳头,你才不是一个文人,而是一个男人,小鬼!

黄鹂把林木送出家门,说,这次你就美吧,我爸一眼就看上你啦,如果我没猜错的话,等你毕业,他可能会招你当秘书。林木说,那不就是走仕途啦?黄鹂说,多少人想走仕途还没机会呢。我有个堂哥,就想进政府工作,天天央求我爸把他调进去,可是他不成,不具备那个条件啊。林木说,你爸真的能看上我?黄鹂说,那就看你以后的表现了。

林木把被黄鹂的爸爸召见的事跟妈妈讲了。妈妈的眼里闪出了锐利的光,这光仿佛一只俯冲的老鹰,正扑向草丛里的兔子。妈妈突然说,抓住它,像豹子一样抓住它。林木说,为什么要像豹子?妈妈说,因为我们林家人在权力面前,都像一匹驯良的马。康熙大帝说,权力是勒马的缰绳。一个人抓不住权力,就只能让别人给他戴上嚼子,永远让别人骑着。林木说,也是,有了权力就可以住大房子就可以让求见你的人在门口给你站岗就可以随便叫别人小鬼了。还有,哪天我真有了权力,我一定要朝党委书记的脸上吐口唾沫!妈妈说,你别高兴得太早了。从现在起,你能不回家就别回家,更不能让黄鹂再来家里啦。想见她了,就去她家。林木说,为什么?妈妈,你和黄鹂的事绝对不能露馅儿,让小麦知道了,你肯定鸡飞蛋打。林木说,你这是什么思想?我和黄鹂之间的感情是纯粹的。妈妈说,希望你把这种纯粹的感情保持到毕业,等去了政府,我们再作打算。林木说,那样就太对不起小麦了,她对我是有恩的。妈妈说,儿子,你别吓我,什么恩啊,我怎么不知道?林木就讲述了一件深藏在内心的往事。林木说,在小西沟时,有一次,我无意中用一张旧报纸包了杀猪用的屠刀,而那张报纸上恰恰有伟大领袖毛主席在天安门前接见红卫兵的照片。这事被人告发,我差点被打成反革命。是小麦把事情扛了,我才得以逃脱。妈妈说,你就是因为这件事才跟她结的婚?林木说,也不完全是。她喜欢我,我也喜欢她,就结了。妈妈说,儿子啊,有恩我们一定要报,哪怕实在报不了,我们一辈子记在心上。可是婚姻不能建立在报恩的基础之上,那样的话,你不幸福她也不幸福。林木说,小麦也是这么说的。妈妈说,她真是这么说的?林木说,在我们入洞房之前,她跟我说,以后永远不要再提她替我扛的那件事,更不要再说什么报恩不报恩的话。不然的话,她宁可不跟我结婚。妈妈说,这女人表面看起来傻乎乎的,其实心思深着呢,手段歹毒着呢!

  学校给爸爸补发了一些工资。估计爸爸平反的事也快有着落了。林丛又领回来一个女朋友,并且打算跟这个女朋友订婚了。女朋友家张口要两千块钱彩礼,订婚时要先拿一千块钱。妈妈说,要钱没有,要命有一条半。林丛就说,你是成心让我打光棍儿,那好,明天我就搬回来,我再也不找女朋友了,这辈子我就跟你和我爸过了。

妈妈只好从爸爸补发的工资中拿出一千块钱拱手送到林丛的女朋友家去。可是不到一个月,女朋友跟林丛吹了。彩礼钱一分不退。林家人只好打掉牙往肚子里吞。

出了这么大的事,妈妈能不着急吗?她终于病倒了。林丛没脸去医院看望妈妈,一天一顿大酒,喝完了就嘟囔着要重新做人,要头悬梁、锥刺股复习考大学。

趁林丛喝醉的时候,小溪联合小路用粗绳把他的手脚捆了,再用细绳把他的头发拴到了屋顶的电灯线上。林丛醒来了,小溪拿着锥子在他的大腿棒子上扎了十个眼儿。小溪说,一个眼儿一百块钱。

林丛这才去医院看望妈妈。林丛一见妈妈就哭着说,小溪这女人太狠了,比那旧社会的地主婆还狠啊,拿锥子在我大腿棒子上扎了几十个大眼儿,那血汩汩地往外冒啊,那血跟泉水似的汩汩地往外冒啊,妈!

有一天夜里,小麦背着婆婆,去了林丛的女朋友家。女朋友家住平房,门早上锁了,她翻墙而入。女朋友的爸妈刚脱光了,在被窝里搂着呢。小麦冲进屋把人家椅子上的衣服和柜子里的衣服划拉着扔进麻袋里,又冲进女朋友的房间,如法炮制。前后不到四分钟,就安全撤退到大门外。她在门外喊话,让女朋友家退钱。

女朋友和爸爸妈妈在被窝里一直趴到第二天中午,一看实在是没辙儿了,只好服软。女朋友妈妈披着一条被子出来,从门缝儿里把一千块钱递给了小麦。

婆婆见了一千块钱,病立马好了。但随后又翻脸了,她认定小麦上了什么不要脸的手段,让小麦交代。小麦说,我要是说了,你肯定觉得这钱太脏了,没法儿花。婆婆说,那我还是不问了。

林木在学校图书馆阅览室找见了黄鹂,挨着她坐下。黄鹂故意给林木写了个条儿,问,有事吗?林木回答,没事没事,别误会,碰上了。黄鹂假装不理林木,两个人各看各的书。黄鹂浑身散发着灵气,长发上还有一股特殊的香味。林木偷偷地、贪婪地用鼻翼吮吸时,被黄鹂发现了。林木有些尴尬。黄鹂去厕所时,林木把黄鹂掉在杂志上的两根头发捡起来,小心翼翼地夹在自己的一本书里。

林木有好长时间不回家了。小麦就念叨,林木不回来,他的脏衣服谁给他洗啊?他身上肯定都臭了,还不让人家女同学笑话死啊。小溪说,正好,女同学给他洗呗。妈妈说,你别胡说啦。你大哥是学习忙。小溪说,他忙个屁,他是躲债呢。他欠我十块钱,早该还我了。小麦说,他又朝你借钱了,他借钱干什么？小溪说,一个男人身上怎么能没点钱呢,没钱怎么招呼女同学？

林木回家送脏衣服来了。丫丫从他的书包里翻出一本书,小麦怕丫丫扯坏,赶紧抢过来。小麦无意中发现了夹在书里的黄鹂的照片和女人的两根长发。照片的背面还写了三句莫名其妙的诗:前二十年你寻我,中二十年我寻你,后二十年你寻我或者我寻你。落款黄鹂。小麦装作什么也没发生,把书放回了书包里。

林木在家里上了趟厕所,拿上干净衣服,就准备走人了。小麦问,你每天在学校忙啥呢？林木说,上课,去图书馆,参加文学社活动。小麦说,又写诗了吗？给我念一首吧,你都好长时间没给我念了。林木说,不阴天不下雨的,夯不啷当的,念什么诗啊。小麦说,那好吧,等你哪天想给我念了,我一定支棱着耳朵听！

编纂方言词典的工作进行到了第二阶段:确定写作内容和写作体例。连续一个星期,婆婆都去原来工作的大学开会。小麦见有机可乘了,又偷偷地回到天坛公园的地摊儿去了。可小麦的摊位已经被一个戴墨镜的"连鬓胡子"给占了。艾大姐见小麦来了,就跑过来对"连鬓胡子"说,我说这是小麦的摊位你还不信,赶紧给人家腾地方,人家回来了。"连鬓胡子"说,你别蒙我,这地方谁占就是谁的。小麦对艾大姐说,算了算了,我再去找地方。

小麦感觉到"连鬓胡子"有点眼熟,但是又记不起来在哪儿见过。

小麦在一个位置最不好的地方重新摆起了摊儿。

林木又有好长时间不回家了。小麦就问,丫丫你想不想爸爸,丫丫说,想。小麦说,那咱们去学校看看爸爸。

小麦做了林木最爱吃的肉丸子,领着丫丫去找爸爸了。

小麦来到林木学校的一栋学生宿舍,一问,是女生的,转身要走,却又踅了回来。她站在宿舍门口东张西望地停留了一会儿。真巧了,黄鹂出来了。两个人彼此都认出来了。小麦上前说,黄鹂吧,您去家里找过林木。我来给他送点吃的,这营子太大了,我找不到他。黄鹂把小麦和丫丫从头到脚看了一遍,说,你在这儿等着吧。

林木一到就把小麦拽到树丛后,压低声音吼道,你来这儿干什么! 小麦说,就是来给你送点吃的。林木还要发作,有人抱住了他的腿,低头一看,是丫丫。一看丫丫那小样儿,林木的心就软了,把丫丫抱了起来。丫丫咧着嘴说,爸爸,我想你。林木拿脸挨了一下丫丫的脸,说,一会儿爸爸领你去吃爆米花。林木把丫丫给了小麦,接过她手中的东西,说,你们去大门外等我,我把东西放到宿舍去。

黄鹂约林木见面。她质问他,你为什么骗我!他说,我没骗你。她说,小麦是你爱人,你说她是你们家保姆。他说,保姆是你说的。她说,可你当时没否认啊。他说,小麦都跟你说了什么?她说,她什么也没说,问路时恰好碰到了我,是我主动帮她去找你的。他说,她这个人就是这样,从来都不死乞白赖的,都让别人主动。黄鹂把他写给她的诗全部退给了他。她说,也请你把我的诗和照片退给我。他说,那我不给。她说,那你就留着吧!然后,含泪而去。

小麦的摊位又恢复了以前的热闹劲儿。尽管位置不好,可是买菜的人宁愿从"连鬓胡子"的摊位上绕过去,也要买小麦的菜。有一天,两个工商所的人来到小麦的摊儿上,说她是盲流,是捡破烂儿的,要把她带走。小麦说,我不是盲流,我在北京有家,就是没工作!工商所的人说,那你家在哪儿?小麦支支吾吾地说不上来。工商所的人说,一个捡破烂儿的都来卖菜了,这不乱套了!工商所的人把小麦兜里的钱、摊儿上的菜和手里的秤都没收了,还要把她扭送到公安局去。

艾大姐上厕所回来了。艾大姐跟工商所的人说,她是我一个乡下亲戚,来看我,帮我两天忙,马上就走。工商所的人这才放了小麦。

艾大姐说,听说那个"连鬓胡子"也是个"老插",肯定是他在祸害你！小麦说，不会吧，"老插"们都是吃过大苦受过大罪的人，他们怎么会祸害我们这些穷人呢。艾大姐说，你家到底在哪儿呢？你男人到底是不是大学生啊？小麦说，工商所的人查户口，你也查啊。艾大姐说，算了算了，你不愿意说就拉倒。

小麦的东西都给没收了，就无所事事地往回走。在街口，她竟然碰上了也在摆摊儿的蒋东升。蒋东升回北京半年多了，因为没有安置，所以暂时摆摊儿。两个人都为这意外的重逢欣喜万分。蒋东升拉着小麦就走，说，我领你去见一个人。

"连鬓胡子"无意中看见蒋东升和小麦朝他走来了，迟疑了一下，拐过墙角，撒腿就跑了。

蒋东升和小麦来到"连鬓胡子"的摊儿前，摊儿还在呢，人没影儿了。一问，刚走的。小麦这才知道那个"连鬓胡子"就是秦朝阳。

蒋东升断定是秦朝阳在背后使了坏。小麦不明白为什么。蒋东升说，因为陈红梅，他都恨死林木了。小麦说，他没追成陈红梅，跟林木有什么关系，那是他没有女人缘儿。你看我们家林木，到哪儿都有女人喜欢。蒋东升说，你可得看着林木点。小麦说，你放心，他跑不了。对了，我去学校把他叫回来，咱们吃顿饭吧？蒋东升说，我现在这个样儿？算了吧，你也别跟他说我回来了。

林木终于在校园的路上堵住了黄鹂。林木要跟黄鹂解释他跟小麦的事。黄鹂说,我郑重地告诉你,你以后不要再纠缠我!

林木回家来了。妈妈、小麦和丫丫在家。林木阴着个脸,跟谁都不说话。丫丫缠着他要吃爆米花,林木把丫丫推开,骂道,长个脑袋你就知道吃!丫丫被诈唬哭了。小麦对林木说,有啥话你就直说,拿孩子撒什么气?林木说,你以为我不敢说啊,我这辈子让你缠上,我算是倒了血霉啦!

林木说完,躲到阳台上去睡觉了。

妈妈来到阳台,悄悄问,我听丫丫说,小麦去学校找你啦,还碰见个阿姨,不是黄鹂吧?没露馅儿吧?林木说,妈,你就别瞎搅和了,行不行!

丫丫又翻林木的书包玩。丫丫从里面拿出了几张写了字的稿纸,用铅笔在上面画道道儿。丫丫把桌上的水杯碰洒了,把稿纸淹湿了。小麦赶紧跑过来,把丫丫捶了两下,低声说,跟你说过多少次了,爸爸的书包不能动,那是爸爸写的文章!要是把上面的字淹没了,看我不打死你!

小麦把湿稿纸捧起来,一看,还好,上面的字还没花。再一细看,那哪是什么文章啊,是林木写给黄鹂的情书。称呼用的是鹂鹂,第一句话写的是,我想你,又不敢去见你,只好给你写信啦。简直肉麻死啦!小麦的头顿时就大了。她感觉眼前冒了一片金星,使劲儿晃了晃脑袋,这才清醒过来。她看了看卫生间关着的门,婆婆在里面蹲坑呢。

小麦愣了一会儿,把淹湿的情书平放在桌子上,拿干毛巾吸了吸水,又去厨房把暖瓶的开水全倒进一个铝盆里,然后把铝盆端出来,压在了情书上面。她是想把它熨平熨干。

婆婆从卫生间里出来了,看见了那盆开水,惊叫道,小麦,你这是干什么?我刚刚烧开的。小麦说,丫丫把爸爸的文章弄湿了,我想把它熨干了。婆婆好奇,就去搬开盆儿看,还说,你哪儿来的这些土办法啊?小麦说,我就是从土里钻出来的。婆婆把稿纸拿到手里一看,傻了。她愣了半天,问,上面的东西你看了吗?小麦说,不经林木同意,他的书和本儿我从来不动。婆婆说,真没看?小麦说,我就看了看字花没花。婆婆说,那内容呢?小麦说,内容我也看不懂。

婆婆拿着那封情书去了阳台,薅着林木的耳朵,把他叫醒。林木一看那封情书就彻底麻爪了。

妈妈指着林木的鼻子说,你还想人家,你还保留着人家的头发,你还说你跟小麦的结合是历史造成的,你还说你们现在实际上已处于分居状态……你这都是些什么啊?小麦要是把这封信拿给你们学校,你不得被开除啊?我怎么跟你说的,要妥善处理这些关系,等毕了业再作打算。这次好了,让人家逮了个现行!林木说,大不了我离婚。妈妈说,你现在离婚,得闹出多大动静?你毕业时哪个单位愿意要你这个陈世美啊?林木说,那你说怎么办?妈妈说,跟小麦承认个错误,哄哄她,也许就过去啦。林木说,能行吗?妈妈晃了晃手中的那封情书,说,你还说你跟小麦没有共同语言,她不理解你不支持你。这是她给你熨平熨干的。她把你给别的女人写的情书当你的作品一样来尊重和崇拜啊,小子。这个女人太可怕啦!她表面上傻乎乎的,什么都不在乎,那是因为她不想在乎,要是她想在乎的事,她主意大着呢,我们一家人绑到一块儿也不是她的个儿。林木说,农民,这个可恶的农民。她从来都是自己吃亏,从来都是让别人欠她的。妈妈说,如果这次她还不哭不闹的话,那我们家欠她的人情可真是太多了。

婆婆从阳台出来了,她给丫丫换上衣服,说,奶奶领你去吃爆米花。临出门了,婆婆意味深长地看了小麦一眼,说,林木两个星期没回来了,你跟他敞开了好好聊聊!

妈妈一走,林木来到了卫生间。林木对正在洗衣服的小麦说,对不起,我就写了那一封信,还没寄出去呢。小麦说,那是信吗?我以为是文章呢。林木说,我一会儿就去把它烧了,我保证不再跟她见面。小麦说,不跟谁见面啊?林木说,黄鹂啊……小麦说,你们是同学,怎么可能不见面啊?林木说,对对对,以后我们就是单纯的同学关系。林木去拿了火柴,在小麦跟前把信点着了。小麦闻到烧纸的味道,抬头伸手去夺时,已经晚了。小麦说,记在心里也好。林木指了指心口,说,我怎说你才能相信?要不我去拿把刀子,把这儿豁开。小麦说,你以为你那肚子杂碎谁稀罕吃啊,膈应人样儿。林木蹲下来一边抓摸小麦一边说,我妈让咱们敞开了聊聊。小麦说,聊什么?林木说,当然是劳动问题了,都好长时间没劳动了。小麦说,播种啊还是插秧啊?拔草啊还是收割啊?林木说,有什么区别吗?林木抱住小麦,把她压在了身下。小麦把林木推开,说,今天不行。林木说,怎么啦,真生气啦?小麦说,我刚才好像看到了你妈那深邃的目光。

不久,黄鹂哭哭啼啼地来找林木了,她要跟他恢复关系。原来,黄鹂的爸爸被作为"三种人"隔离审查了。黄鹂的妈妈跟另一个男人跑了。林木说,以前都是我的错。现在你都知道了,我是有家有口的人,再跟你来往,不但害你也害我自己,我们还是做普通朋友吧。以后你有什么事,尽管来找我,我就是豁出小命儿也在所不惜!

小麦的爹竟然照着信上的地址摸到北京来了。今年的收成不错,一家人明年一年的口粮有着落了。一高兴,爹就背个破麻袋摸到北京来会亲家了。婆婆收了爹拿来的小米和山蘑之类的东西,却很不留情面地用一张报纸垫着,把爹的臭鞋扔到了走廊上。爹是个有骨气的人,搁在农村呢,还算是有见识的人。因为闺女的缘故,明知受辱,还不能发作。他打趣地说,这一路下来,别说鞋臭了,衣裳也是臭的。说完,就主动把破棉袄脱下来扔了。这么一弄,主客之间都不感到别扭了。小麦已经学乖了,没等婆婆开口,她就领着爹去澡堂子彻底洗了一回澡。

回来的路上,爹说,没想到这辈子还洗了一回澡,托我闺女的福,这辈子还在皇城根儿洗了一回澡!小麦傻笑了一下。但她的内心什么滋味是可想而知的。

晚上,小麦想让爹睡阳台。婆婆说,那哪儿行啊,你爸这辈子能来几回啊?他睡丫丫的床,丫丫睡大姑的床。

小麦刚睡着不久,就被呛醒了。伸头一看,是爹在抽烟袋锅子。小麦说,爹,你怎么半夜还抽啊?呛死人了。爹赶紧把烟袋锅子灭了。小麦躺了一会儿,还是睡不着,又伸头说,怎么还这么大的味儿?是不是你没洗净啊?爹说,我都快把毛燎了,还要怎么洗?小麦说,有些味儿是永远洗不掉的。小麦伸手把爹枕头边的秋衣拿起来闻了闻,说,是它,呛死人了。爹没好气地说,刚来几天你就变质了,就把无产阶级的本色给丢了!我是看明白了,你要是成了大财主,我们都得去给你扛长活儿!小麦"扑哧"一下笑了,说,你胡说什么,不就是有味儿吗?爹说,好好好,我去阳台睡。小麦说,那我把你送过去。

小麦把婆婆叫醒,说爹想抽烟,只能去阳台睡了,因为阳台可以开窗子通风。

深夜,爹悄悄爬起来,到过道把小麦推醒。她以为出了什么事,原来爹内急了,又不敢用厕所。她又一次疏忽了,没想到这一层。她只好领着爹去楼里的公厕。

早晨,在厨房里,婆婆不怀好意地对小麦说,怎么啦,不习惯你爸身上的气味了,是吧?小麦说,您老以己度人,我怎么会嫌我爹呀!

公公对爹表现出了一定的欢迎。还拿出酒来在床上跟爹喝了一场。爹喝多了,胆儿大了,说话声音也高了。他拍着公公的肩膀,跟公公论亲家。他的唾沫星子落了公公一脸。公公尽量忍着不去擦,但婆婆脸色极其难看。小麦强行把爹拉走,让他去阳台睡觉了。

待到第三天,爹对小麦说,我都来三天了,也不见林木回来。小麦说,他忙着期末考试呢,再说,他不知道你来。爹说,那就好。小麦一直想跟爹说点什么,但又不好开口。爹看出来了,就说,我这次来了,看到你和丫丫很好,就放心了,这辈子,我恐怕是不会再来了,你要想我和你娘,你就领着丫丫回去,我给你寄路费。小麦说,你是不是想走了?来一趟不容易,再待两天。爹说,那就再待两天,就两天。

小麦无意中跟婆婆说,我爹再待两天,也就是大后天就走了。婆婆阴阳怪气地说,是吗,好不容易从小西沟下了山,跋山涉水颠儿了两千多里来到北京,不容易,多待两天呗。

小麦去了趟林木的学校。这次她先去找了看大门的老头儿。看大门的老儿叫住一个进门的学生,让他帮着喊一下林木。不一会儿,林木就出来了,一看是小麦,林木就皱起了眉头。林木说,你怎么又来了?小麦说,我来给你送衣服。林木说,以后别来了,我回去取。林木接过衣服扭头就走。小麦本来要跟林木说爹来了,但张了半天嘴,又闭上了。

小麦偷偷地塞给爹三十块钱。爹说,你哪儿来的钱?小麦说,林木上学有助学金,一个月好几十呢。你回到县上一定要给我娘买两斤饼干,给我哥的孩子买两斤糖块儿,别舍不得啊。爹说,这林木都快一个星期没回来了,我心里怎么有点不踏实呢,你和他没事吧?小麦说,真的挺好的。你闺女别的能耐没有,就会黏个男人。爹说,你也不能光黏他,也要关心他、支持他。小麦说,知道了。爹说,你婆婆挺疼丫丫的,看在这个份儿上,有些事你多担待,你是小辈嘛。小麦说,我婆婆是有点事事儿的、劲劲儿的,不过她对谁都那样,不光对我。从根儿上说,她人不坏,对我也挺好的。对了,她还送了我一个玉手镯呢,是她们家祖传的。

小麦把玉手镯拿出来给爹看。爹高兴坏了。爹说,看你婆婆表面挺恶,没想到心地还挺绵善。闺女,人家给咱一个好,咱就要给人家一百个好。

爹偷偷地去了趟林木的学校。他可真是有本事,连问带打听直接摸到了林木的宿舍。正好,林木和另外两个同学在宿舍呢。林木一见爹,一下子傻眼了,不知道说什么好。爹到底有些见识,不慌不忙地说,小林哪,不认识我啦?我是小西沟的王二斗啊。林木说,您……您怎么来了?爹说,我来北京看病,顺便代表乡亲们来看看你这棵高蒿子。爹从提包里拿出了瓜子啊、咸菜疙瘩之类的东西,然后在屋里转了一圈,又看了看林木的床铺,就虚张声势地走了。

林木追出去送爹。

在楼梯上,林木说,爹你什么时候来的?爹说,都一个星期了,黑夜走。林木说,小麦也没来告诉我啊。爹说,她说你忙着期末考试呢。爹掖掖鼓鼓地给林木手里塞了点东西。林木说,什么呀?爹说,三十块钱。你天天动脑子,累,买点麦乳精补补。

两个人出了楼门。

林木对爹说,我不要。家里人挣点钱多难啊,这是一个劳力一年的血汗钱。爹说,今年的收成不错,就是多卖两袋粮食的事。林木说,你真的晚上走啊?爹说,黑夜的票。林木说,我真的不知道你来……就在这时,有两个同学过来了。其中一个跟林木打招呼说,哟,林木,老乡来看你啦?林木说,什么老乡,我爹!同学说,你爹,你哪个爹?林木有点恼了,说,你怎么说话呢?

两个同学一看事情不妙,赶紧溜了。爹眼泪转眼圈地说,孩子,好好学,学出点出息来。有时间了,对小麦她们娘儿俩好点！林木也含着眼泪说,我会的,爹。

爹在闺女家折腾了整整一个星期,终于走了。小麦坐公车送爹去火车站。在林家附近的汽车站,林海追上了小麦和爹。他从怀里掏出半瓶散酒,说什么也得让爹拿上。小麦知道那是林海偷他爸爸的,有些为难。最后林海都掉眼泪了,爹只好拿上了。

林木回家来了。因为爹来北京的事,林木一进门就跟小麦吵了起来。之后,林木把那三十块钱给了小麦。林木说,这钱放着吧,别花了。你们一大家子五十多口人,就爹对我最好,他一直是拿我当儿子看的。小麦也红着眼圈,说,放着,不花了。

小溪回来时,林木正在擦他那双旧皮鞋。擦完了,把皮鞋放到门后用报纸盖上,就光着脚丫子满屋乱窜了。小溪说,你就不怕把脚底板子磨烂吗?再怎么说,那也是肉啊!林木说,同志,脚底板子磨烂还可以再长,而鞋底板子磨烂是长不出来的。小溪说,你的鞋是什么皮子的?林木说,猪皮的。小溪说,是猪皮贵还是人皮贵?林木说,理论上讲,当然是人皮贵啦。小溪说,既然这样,那你为什么祸害贵的心疼贱的?我看你的书是白念了,越念越不识数啦,哪个多哪个少都分不清了。林木这才发现自己被绕进去了。林木说,你骂我。小溪说,见过小气的,没见过你这么小气的。林木说,见过尖刻的,没见过你这么尖刻的。小麦终于忍不住了,说,见过很多哥儿俩,没见过你们这样的哥儿俩。林木说,我们这叫不护短,不浮夸,不虚美。小溪说,我们这叫知根知底,知人知面,知己知彼。小麦说,我看你们这叫三八赶集,四六不懂,十分不是东西。林木正色道,王小麦,你骂我可以,你不许骂我妹妹!小溪疑惑地看着林木说,你今天怎么突然跟我一伙了?林木觍着脸说,我跟真理一伙。小溪说,你拉倒吧,到底有什么企图?赶快说出来吧。林木说,话说到这个份儿上,我就不藏着掖着了。哥求你件事,借哥点钱。小溪说,你又借钱干什么?林木说,哥眼瞅着就毕业了,要聚会,要照相,要参加毕业典礼,你看哥这身行头,有点寒碜啊!林木的衣服的确有点寒碜,胳膊肘和屁股都磨得发白了,也有点显小了。小溪说,你不说我倒没注意,你这身衣服看上去还真像个骆驼鞍子,我说你身上的文气最近怎么没了呢,原来都被这身衣服给遮蔽了。林木说,是啊,赶紧支援支援哥,哥买套中山装,让哥圆满地、光荣地结束学业。小溪说,滚一边儿去,你光腚跟我有什么关系?一套中山装一百二十块钱,亏你想得出来。我借给你了,这辈子你还得起吗?说完,回自己屋了。

小麦躲到厕所把身上的钱都翻腾出来,一数,才六十多块。她琢磨了一下,去了小溪屋。小麦赔着笑脸对小溪说,小溪,嫂子没向你张过嘴,你就借给你哥六十块钱,我这儿还有点儿,咱们就给你哥买一套中山装,他这一辈子,就上这一回大学。小溪说,王小麦啊王小麦,看着你像个傻大姐,其实你比谁都精比谁都奸,原来你们早就捏鼓好了,一唱一和的,等我上套呢,是不是?不要脸!

蒋东升要去山东贩大蒜,但资金不够,雇一辆大东风汽车不合算,想找个人合伙一块儿去。小麦动心了。她跟公公说了自己的打算,公公支持她,还把追缴回来的彩礼钱给了她,让她做本钱。就这样,小麦披件破大衣坐在大东风车车斗里,跟蒋东升一块儿去了山东聊城。

在聊城住店时,为了省钱,小麦跟蒋东升商量着住大车店。大车店比较乱,这就意味着,两个人得在一个屋睡,这样比较安全。蒋东升有些不好意思。更不好意思的是睡大炕,两个人还得挨着。这不胡闹吗?蒋东升死活不脱衣服,他悄悄跟小麦说,挨着女人,还是漂亮女人,这我怎么睡得着啊!小麦说,你就把我当成一头烂蒜。小麦脱了外套,一头睡去,不到半分钟,就睡着了。蒋东升悄悄念叨着,有这么香的烂蒜吗?那我得在梦里吃一瓣儿。这么想着,不久,也睡着了。

第二天早晨,蒋东升掀了小麦的被窝,凉了她的屁股,她才醒来。小麦说,昨晚上你是怎么睡着的?蒋东升看着小麦的屁股说,我吃了一瓣儿香蒜。小麦说,我睡觉跟死猪似的,你没占我便宜吧?蒋东升说,你别埋汰人啦,谁会去占一个死猪的便宜。

大蒜贩回来了。小麦跟蒋东升在大钟寺附近的一条小巷子里摆起了摊儿。才两天多的时间，他们就批发得差不多了。就在他们沾沾自喜时，执法人员出现了。他们被揪扯着，带到了附近的工商所。

蒋东升的钱都被翻抢走了，小麦的钱只被翻抢走了一点点。工商所的人问他们住哪儿，让家里来领人。小麦死活说她家没人了，都死光了，就她自己。工商所的人说，没人认领，只好送派出所了。小麦这才交代出了婆婆杨文采。

蒋东升的妈妈先到了，所以，他被提前释放了那么一小会儿。婆婆随后才到。小麦一见婆婆就惊呼道，阿姨，你怎么来了！小麦还跟派出所的人介绍说，这是我原来的东家，大户人家出生的，有钱有势有文化有品位，我在他们家当过保姆，人特别好，特别善良，你看看，跟我都没啥关系，还来救我！婆婆气得咬牙切齿，趁人不注意，狠狠地把小麦的脚踩了两下。派出所的人瞅了瞅婆婆，说，一看你就是那种养尊处优的剥削阶级，这要搁前几年，我们坐地儿把你专政了！

蒋东升在外面等着呢，见小麦出来，他跟婆婆和小麦打了个照面，就匆匆地走了。婆婆问小麦，他是谁啊？小麦说，跟林木一块儿插队的，叫蒋东升，没考上大学，刚回来半年，还没找到工作呢。婆婆满脸狐疑地问，你怎么跟他混在一块儿了？小麦说，在天坛碰上的。婆婆说，林木知道吗？小麦说，不知道。

蒋东升说自己现在比较惨,不想见人。

在路上没人的地方,小麦让婆婆把风,她从乳罩、袜子和鞋里掏出了一把又一把的钱,一数,整整赚了一百六十块!

小麦美得鼻涕泡都出来了。小麦说,这些钱足够给林木买一套中山装了!婆婆指着小麦的鼻子说,我们林家的脸都让你给丢光了,下次别说你蹲大狱,就是挨枪子儿,也别指望我们林家人去看你一眼!

小麦立马拉着婆婆去了王府井商场,给林木买了一套中山装和一双皮鞋。

林木正在家里打着转儿试衣服呢,小溪也拎着一套中山装回来了。一看买重了,小溪是刺猬下坡——一下子就翻了。小溪薅住林木的头发就不放了。小溪哭着说,姓林的,我给我自己买衣服也没买过这么贵的,看你可怜看你穷,我本来打算送给你的,没想到你们属黄鼠狼的,钱在窝里藏着呢。不行,你得赔我的损失!不然,我就把你的毛薅光了去卖钱!

林木就做林丛的工作,让他把小溪买的那套中山装买了。林丛趁火打劫,说小溪减价他就买。小溪一看没辙儿了,就减了二十块钱。林丛高兴得抱住林木的后脑勺子就亲。林木划拉着把林丛推开,说,林丛,你给我玩勺子去吧!

爸爸终于落实了政策。他原来的学校派人来家里看望他,并且告知可以安排他的一个子女在学校后勤就业。爸爸是一个从不给别人添麻烦的人。可这次,他没拒绝。他说,那就安排大儿媳妇小麦吧。学校派来的人了解到小麦是农村户口,觉得有些为难,但也表示,一定跟领导汇报,尽量解决。

很快,爸爸的学校就回话了,可以安排小麦。这对林家来说,无疑是个天大的好消息。

即将有北京户口和正式工作的小麦彻夜难眠。婆婆也非常高兴,让小溪把丫丫收留到小溪的床上了。两个房门都紧闭着,整个过道就成了小麦和林木的天地了。

小麦和林木挤在一张单人床上窃窃私语。他安慰她说,这些年你受的委屈终于可以随风而去了。她激动得眼圈红了。她说,林木,你不知道,我有多幸福! 他说,我当然知道你有多幸福了!

缠绵了一会儿,小麦突然对林木说出了一个让他做梦也没想到的决定:她准备放弃这个机会,让爸爸的学校解决小溪的工作,因为小溪一直在郊区农场上班,而她的理想是做个中学语文老师。林木认为小麦疯了。小麦却说,这些年,我给这个家带来了多少拖累啊,我总算有机会报答一下爸妈了。不然的话,我真没脸再在这个家待下去了。

林木沉默了。小麦趁机说,就这么定了,明天早晨你去跟爸妈说,就说这是你的主意!

第二天,林木跟爸爸妈妈说出了他的重大决定,爸爸妈妈的震惊是前所未有的。妈妈甚至激动得哭了。妈妈说,林木,一家人没白供你,你的大学没白上,知道替爸爸妈妈分担了,妈妈好高兴!妈妈还对小麦说,小麦,也谢谢你理解林木,我以前有哪些做得不到的地方,你就大人大量,多多包涵吧!小麦就是这样,别人一句好话,她就能把心掏出来,何况是婆婆的一句好话了。小麦几乎是红着眼圈说,娘,这是我来这个家这么长时间,最最高兴的一天!你们城里人不老说幸福幸福的嘛,这是我来这个家这么长时间,最最幸福的一天!婆婆说,什么我们城里人,难道你就不想当个城里人吗?

就这样,林小溪同志被安排到爸爸学校的附属中学当了一名中学语文老师。

小溪去报到回来的当天,把小麦叫到了自己的房间,面无表情地对她说,我知道把工作让给我的主意是你出的,但我一点都不感谢你!小麦问,为什么?小溪说,如果没你的话,这个机会本来就是我的。小麦也生气了,说,滚一边儿去,我本来也没指望你感谢我。小溪说,为什么?小麦说,你们一家人除了爹和林海,剩下的不是属长虫的就是属蜥蜴的。小溪说,你什么意思?小麦说,冷血动物呗!

时间过得真快,转眼间,丫丫都即将上小学二年级了。林木本科已经毕业还考上本校本系的硕士研究生了。这两年,小麦和艾大姐一块儿,在路边早上卖早点夜里卖羊肉串儿。反正不管干什么,不是被人撵,就是被人罚。小麦实在是不想再跟执法人员打游击战了,就开始张罗着在街边什么地方开个面馆儿。

有一天夜里,正在卖羊肉串的小麦觉得眼前来了个熟人,一抬头,见是蒋东升。两个人自然都很高兴。蒋东升说,既然碰上了,那我得宰你一顿。小麦说,你不怕把自己吃成拉羊粪蛋儿的你就随便吃。结果,蒋东升一口气吃了四十串。两个人发了一通感慨,好像又回到了小西沟。小麦问,你最近忙什么呢,见不着了。蒋东升说,我已经去了朝阳区一家食品厂上班了。哎,你已经来北京好几年了,林木没想办法把户口给你上了,顺带给你找个工作?小麦说,有过一个机会,让给小姑换工作了。蒋东升说,林木怎么样?小麦说,考上研究生了。蒋东升说,对了,我已经考上夜大了。我觉得你也应该复习复习考一下。小麦说,太费劲儿啦,有必要吗?蒋东升说,我说了你别不愿意听,林木是一个性情不定的人,你俩现在的差距越来越大,哪天他心里的杂碎坏了怎么办?到时候,你想哭恐怕都找不着坟头儿啊!

沉默了一会儿,蒋东升又对小麦说,其实,当时我们知青点还有一个人也喜欢你,可是让林木那小子先得手了,要不你肯定比现在幸福。小麦说,谁啊谁啊,快告诉我!蒋东升犹豫了一下,说,王干啊。小麦说,你就缺德吧,王干现在在哪儿呢,我幸福个鬼,我到哪儿幸福去!

小麦听了蒋东升的建议,准备考夜大了。在这件事上,林木一直是持鄙视态度的。林木不止一次地跟妈妈说,小麦要是念得成书,那耗子通过磕纸箱子也能本科毕业了。小麦禁不住埋怨了一次林木,说,你就是不关心我。林木说,你用得着我关心吗?天上有王干,地上有蒋东升,你阴阳两界都有人惦心着呢。后来,倒是林海在学习上给了大嫂很多帮助。

林丛在交了无数个女朋友之后,终于要跟一个叫刘雅致的女人结婚了。

刘雅致五官还算不错,可是身材却不怎么雅致,五大三粗的。她第一次登林家的门,就差点在楼道里跟胖大嫂干起来。起因是谁给谁让路的问题。还是小麦跑出来给胖大嫂赔了不是,才算了事。在家里一共坐了半小时,刘雅致一直批评林家人太软弱。妈妈一眼就认准刘雅致恶毒、自私、没教养、没文化,不同意这门婚事。无奈,林丛这样一个无赖让刘雅致给赖上了,不结不行了。妈妈把两千块钱甩给林丛说,你爱跟谁结跟谁结,你爱怎么结怎么结,你爱去哪儿结去哪儿结,我不管,只要你们别在我这儿祸害就行。

从这以后,妈妈跟刘雅致的关系就可想而知了。

林丛弄了个纸箱子向兄弟姐妹们收份子。林丛的求援口号是,我是寡妇生孩子,全靠大家帮忙。可是没人理他。他就想了个阴招儿,夜里趁大家熟睡时,用林木板砖大小的录音机把他们发出的声响都录下来了。妈妈在梦里唉声叹气,小溪牙磨得"吱吱"响,小路说梦话骂小溪,林木放屁,林海打呼噜,小麦傻笑……一家人丑态百出。林丛说,你们不拿钱支持我结婚,我就把录音机拿到楼前去播放。这下,大家都老实了,纷纷出钱,没有经济能力的就去管别人借。妈妈个人又出了一份。就这样,林丛愣是又划拉了五百块钱。

在林丛举办婚礼的前三天,小麦突然对婆婆提出,要搬出去住。原来,小麦已经在林木学校附近的一个四合院里租了房子。两间,带厨房,月租三十元。婆婆一听,头发都炸起来了,说,你们一走,不是给那两个东西腾出地方来了吗!小麦说,那您让林丛他们去哪儿住?婆婆说,小麦,你这样做,是引狼入室啊!你对得起我吗?小麦没吭气儿。婆婆说,是啊,我以前是有对你不好的地方,不就是没让你叫我"妈"吗?你要愿意,以后叫什么都行,"妈"也行,"娘"也行,随你便,只要你不搬出去。就算我求你啦。小麦说,我要不搬出去,林丛就没地方住,我拖累这个家这么多年啦,再赖着不走,我这脸往哪儿搁啊?还有,我租的房子是两间,有一间书房,林木早就想有一间书房了。婆婆生气了,说,归齐了,还是你们翅膀硬了!刚回来的时候,你们跟要饭的似的,睡走廊都愿意!现在终于变天了,是不是?

小溪也出面游说小麦留下来,未果。小溪就决定去学校的单身宿舍住。婆婆终于大发雷霆,滚,你们都滚,都滚得远远的!

于是,林丛就以小溪和小路原来的房间为洞房,热热闹闹地结了婚。

小路被赶到过道上去住了。

林丛和刘雅致像打仗抢山头一样度过了他们的新婚之夜。一黑夜,他们发起了无数次冲锋,一次次冲上去,一次次败下来。声势之猛,动静之大,气氛之惨,简直史无前例!

两个人完全如入无人之境。多亏小麦有先见之明,把小路弄到她那儿去睡了。

爸爸妈妈一开始捂着耳朵,后来把头蒙上,再后来就找棉花球把耳朵堵上。两个人几乎干坐了一宿。爸爸一根接一根地抽烟,光烟灰就弹了一缸子。黎明时,妈妈终于忍无可忍,去敲林丛的门。妈妈隔着门缝儿小声对林丛说,求求你们了,小点声吧,祖宗。林丛说,没办法呀,妈妈,谁让咱们是工人阶级呢?咱们工人阶级有力量啊!

三天后,小麦回婆婆家来了。她是专门来给公公送烟的。一见婆婆,她惊得跟呆鸡一样。婆婆成了熊猫眼不说,人也瘦了一圈,白头发好像也多了。小麦问,妈,你这是怎么啦?婆婆说,别问了。小麦幸灾乐祸地指了指林丛的房间,说,是不是动静太大啦?婆婆说,臊死我啦。小麦说,这次你知道厉害了吧,这次你碰见茬子了吧?婆婆说,你是存心看我笑话,是不是?

小麦说,我是同情你。婆婆说,你再说,我就从楼上跳下去啦!婆婆还说,先让小路在你那儿躲躲风头吧,也许过了这个月就好了。小麦说,没问题,书房有地铺,再说了,林木还有宿舍呢。

刘雅致是个滚刀肉。因为婚前婆婆对她的态度,她记仇了,对婆婆很不恭,有时当面顶撞不说,见了婆婆什么都不叫。不高兴了,干脆你你你、哎哎哎的,摔摔打打更是常有的事。林丛不知怎么就被刘雅致拿住了,在她面前大气也不敢出,有时还跟她一块儿往死里气妈妈。两个人在家里,是活儿也不干,坐下来就吃。刘雅致属黄鼠狼的,吃完了,还往娘家卷带。婆婆能怎么办?只好忍气吞声。这个时候,婆婆才想起小麦的好。她偶尔跟小溪念叨念叨。小溪就说,你啊,活该倒霉。等小麦再回家来,婆婆又像变了个人,继续对她颐指气使的。想想也是,她总得有个出气的地方。对婆婆来说,小麦就是她的出气筒。反正,小麦也不记仇。婆婆对小溪说,其实,像小麦那样,傻点也挺好,至少没那么多烦恼。

在遭到了林木、林丛和小溪无数次的奚落和嘲笑后,小麦终于如愿以偿,拿到了夜大的录取通知书。她选择的是工商管理专业。

小麦在夜大的同桌是一个腼腆的、文气的男生,叫赵雪天。第一次上课的课间,她主动跟他搭话。他话不多,一说话跟个姑娘似的,还脸红。从简单的谈话中,她知道了他家离自己家不是太远,还是一路。从学校走,她先到,他后到。她就问,你骑车还是坐公车?他说,骑车。她说,我也骑车。她原以为黑灯瞎火的,他会主动邀她结伴走呢,可他不吱声儿了。

下了课,赵雪天一溜烟儿就离开了教室。小麦觉得这个人有些怪,就有些不太喜欢。没想到,她推车出了校门,却发现他在等她呢。她心里一热,他依然什么也没说,和她并排骑上车,走了。

赵雪天把小麦送到了她家所在的胡同口。这一送,几乎就是三年。

有一次,刘雅致主动和婆婆聊起了公公的病,婆婆一开始还挺感动,以为她也是懂人情的。没想到刘雅致话锋一转,不怀好意地问,林丛他爸瘫了这么多年,你和他是不是早就不行了?婆婆问,什么不行?刘雅致说,就那事儿啊!婆婆羞愧万分,"你你你"的说不出话来。刘雅致说,我猜肯定是不行了,要说,作为女人,你也够可怜的。婆婆快气疯了,她举起手,想扇刘雅致,可是最终没敢下手。婆婆躲到厨房,抹了半天眼泪。

婆婆第一次来到小麦家。婆婆在屋里转了一圈之后,说,小是小了点,收拾得挺干净,像个家啦。小麦说,就是离你和爸远了点。婆婆说,这不正是你所希望的吗?小麦说,等有了钱,我一定去咱们那个家属区租个房子。婆婆说,当初你就不该走。话又说回来,你也该有个自己的家啦。小麦说,你不生气了?婆婆说,跟你这样一个没心没肺的人在一起,我老生气不是"二贵摔跤"吗?小麦说,什么意思?婆婆说,自己斗自己呗!

在这个特殊的情境里,婆媳二人不知为什么一下子就觉得亲了。

婆婆从网兜里拿出了小麦和丫丫爱吃的红烧肉、林木爱吃的肉丸子。小麦一边接过去一边"嘎嘎嘎"地笑了。婆婆说,你以后别这么张牙舞爪的行不行?熟悉的人知道你在笑,不熟悉的人还以为你要吃人呢。小麦说,你和我爸现在跟林丛他们一块儿住,就别老想着我们啦,要不刘雅致又该生事了。再说了,我们现在什么都不缺。婆婆说,不缺?你看你现在又黑又瘦的。小麦说,真的,再怎么说,我们还有个饭馆儿呢。丫丫和林木馋了,我就叫他们去饭馆儿吃。婆婆说,你那也叫饭馆儿?不过就是个面馆儿。你就让他们天天吃面啊。以前吧,在一块儿住,你还可以偷吃啥的。现在你单住了,有钱你也舍不得吃。小麦说,谁偷吃啦?婆婆说,还犟嘴呢,连酱油都一碗一碗地喝。小麦说,你们知识分子就是夸张,我就喝过那么一回。婆婆说,以后馋了,就回去,我给你们做。

小麦张罗着做晚饭。婆婆一开始都同意留下来了。可过了一会儿,又反悔了,说,你去面馆儿看看吧。小麦说,晚上人不多,有艾大姐盯着呢。婆婆说,算了,我还是回去给你爸做饭吧,林丛根本指不上。

已经走到门外了,婆婆又踅了回来,把门关上,倚着门就哭。小麦又劝又哄,婆婆这才止住了。当小麦得知刘雅致拿那事儿羞辱婆婆时,一拍桌子,说,看我不撕烂她的皮裤!

小麦客客气气地跟刘雅致谈了一回。结果,刘雅致几句话就把小麦噎得半死。刘雅致说,你还有脸笑话我啊?我听林丛说,你更嚣张。你曾经在高粱地里鼓捣过,你曾经在小溪的床上鼓捣过,你还曾经在厕所的地上鼓捣过,是吧?小麦说,那都是谣传。刘雅致说,要是是谣传的话,你就更没资格来教训我啦。你赶紧去找两个猪腰子补补吧!

小麦被刘雅致数涮得丢盔卸甲地走了。

小麦回去沉了两天,又卷土重来了。小麦让婆婆领着林海去她那儿住。她每天晚上做好几个菜,让林木和林丛陪爸爸喝酒。哥儿俩每天把爸爸灌得酩酊大醉,人事不省。

小麦和林木就住在了婆婆家的过道里,连续搞了三个夜晚。林丛告饶了。林丛把林木拉到厕所里,哀求着说,哥,还是你们厉害,你们是研究生水平,我们不行,顶多是高中生水平。林木说,刘雅致不是扬言要把我们耗出毛病来吗?林丛说,她已经有毛病了,一听见你们叫,就浑身痉挛。你们再这么生猛,我也快癫痫了。林木说,那你们以后打算怎么办?林丛说,从今以后,我们一定还大家一个宁静的、美丽的、浪漫的夜晚。林木说,爸妈他们没那么高的奢望,他们只要一个体面的夜晚!

有一天深夜,林木在学校没回家。房东着急忙慌地敲开小麦的门,说,为了抓东北的"二王",要严打了,公安局今天凌晨查户口,你男人没在,你得躲躲。要不人家把你当盲流给抓起来啊!小麦把丫丫托付给房东,穿上衣服就跑了。小麦在胡同里东窜西窜,最后实在没地方去了,就摸到了婆婆家楼门外。正好,公安局的人刚走。小麦又摸到婆婆家门口,还像上次一样,在杂物堆上刨了个坑,倚着墙睡去了。

婆婆早晨出来倒垃圾,发现了小麦。婆婆心疼地把小麦连拖带抱地弄回屋里。

小溪已经有过一次短暂的婚姻。她喜欢的一个白白净净、文质彬彬的大学生,跟她生活了六个月后,把家里的存折、现金甚至电视机和洗衣机都卷走了,然后消失得无影无踪。小溪气得卧床一个星期。之后,她把自己打扮得漂漂亮亮的,又站在讲台上了。不过,家里人谁也不能提她的事,谁提跟谁急,以至于一年后单位的人才知道她离婚了。情感上出了问题,也丝毫没有影响她业务水平的提高。也许是没上过大学的缘故,她特别发愤,不但通过自学考试拿到了中文专业的学士学位,还成了学校响当当的教学骨干。她让一些科班出身的同事都眼热了。

小溪却对小麦说,我学习纯粹是为了你。小麦说,为什么?小溪说,连你这个泥腿子都考上夜大啦,我怎么也得拿个本科文凭吧！小麦说,你说你老跟我较什么劲儿啊!

林海已经上大学三年级了,学的是生物专业。他一边关注着花花草草,一边关心着校院里的那帮学文科的女孩儿。一旦看上哪个了,就去小麦家跟她商量,让她帮着定夺。其实,这一阶段,他还完全只是纸上谈兵。

小路也出落成一个漂亮的大姑娘了。除了这个年龄必有的叛逆外,她还有了一个怪癖,那就是看什么都觉着有股怪味儿。连妈妈这么讲究的人,也不能幸免。妈妈爱面子,只要小路快回家了,就赶紧像只老猫一样闻闻自己,就怕小女儿嫌弃她。奇怪的是,小路反倒觉着小麦的气味是正常的。这更让妈妈的脸无处搁了。

小麦和艾大姐已经把面馆儿改成餐馆了。餐馆不大,能放下十张小饭桌。她们的招牌菜是小麦老家的大烩菜,这要放在今天,就是绿色食品了。

最重要的是,在丫丫即将上小学五年级时,林木的硕士论文答辩也顺利通过了！

小麦在一本外国小说上看到过一个妻子领着女儿参加丈夫毕业典礼的事。她决定效仿一下。她去买了裙子,还专门修剪了头发。在镜子前,她把自己和丫丫打扮得她认为非常好看了,就带着丫丫去了林木的学校。

小麦和丫丫的到来引起了典礼会场的一阵骚动。一是在当时的中国,大家对家人参加学生毕业典礼的事有些陌生。二是小麦和丫丫母女俩简直是太漂亮了,如一对出水芙蓉。

林木就更是紧张得不知所措了。当然了,震动最大的要数跟林木同时毕业的黄鹂了。尽管这几年她跟林木已经成了陌路人,但小麦和丫丫的突然出现,还是在她的内心引起了剧烈的撞击。

典礼的主持人灵机一动把小麦和丫丫请到了主席台上。主持人说什么也要让小麦讲两句。小麦拉着丫丫的手,有些局促地说,我们家林木是下乡知青,在小西沟的土窝窝里准备高考时,为了给自己鼓劲儿,每天早晨爬起来都说一句话:穿皮鞋还是穿胶鞋,就在今朝。经过四年的学习和老师的培养,他终于学成了,我们全家都非常高兴!谢谢老师!

所有的人包括黄鹂,都把掌声献给了小麦和丫丫!

小麦和丫丫被中文系邀请留下来参加毕业会餐。林木把小麦叫到大食堂外的一个角落,支支吾吾想说点什么。他绕了半天,她终于明白了,他怕她在人前说错话。她那股愣劲儿又上来了,"嘎嘎嘎"地笑着说,会个餐怕什么,什么场合我没见过?这才多少桌,咱俩结婚时三十多桌呢,我把他们全喝趴下了。再说了,我现在开的就是餐馆,什么人我没见过?你该吃吃,该喝喝,我都替你招呼了。这绝对是小菜菜!

会餐开始了,去厕所的小麦和丫丫一直没回来,林木悬着的心终于落了下来。他知道,小麦领着丫丫走了。同学们发现他爱人、孩子不见了,都过来罚他喝酒。尤其是一些女同学,还捏着他的鼻子往下灌。有人说,诗人,你太不道德了,娶了那么漂亮的媳妇儿不吭声,还假装单身,学校多少女生都被你勾着,你这不是拿我们当涮羊肉呢吗?林木美滋滋的,也不辩解,也许他要的就是这个感觉。谁知道呢。

黄鹂喝得小脸红扑扑的,她过来对林木说,其实,你爱人不错。真的。祝福你!林木说,谢谢你!

同学们起哄让林木演个节目。林木朗诵了俄罗斯诗人吉皮乌斯的一首爱情诗。他的朗诵极具感染力,一场乱哄哄的聚会,就此变得浪漫起来。

林木用目光寻找黄鹂。她却不见了。

黄鹂一个人站在操场上仰望着布满星星的苍穹。

林木没有合适的机会走仕途了,他很不情愿地留在了母校母系当了一名教师。

这是小麦上夜大的最后一个学期了。有一天晚上,下了课,赵雪天突然跟小麦说,我们别骑车啦,走走吧。这让小麦很意外。将近三年来,赵雪天天天风雨无阻地送她回家,但几乎从不多说一句话。小麦一开始还想来个恶作剧,她也不说话,她想看看赵雪天到底什么时候开口。可赵雪天始终没开口,小麦也就习惯了不说话。每次到了小麦家的胡同口,小麦说,我到了。赵雪天说,我走了。一旦多说了一句,反倒觉得有点别扭。有一次,小麦突然说,我知道你为什么叫赵雪天啦!赵雪天说,为什么?小麦说,你不是你妈大雪天生的,就是你妈大雪天捡的,所以你才这么冷漠。赵雪天恼了,说,岂有此理!然后一个人头前走了。前一段时间,赵雪天经常缺课,小麦自己一个人到了胡同口也经常莫名其妙地下了车,说,我到了。然后再茫然地回头看看。

两个人走了一段。还是赵雪天先开了口,说,我就是我妈大雪天里捡的。小麦瞪大了眼睛。赵雪天讲了他的养母对他的恩情。从幼儿园讲到他上夜大。赵雪天还说,你的眼睛很像我妈年轻的时候。小麦说,你妈年轻时肯定很漂亮。赵雪天说,是很漂亮。赵雪天停顿了一下,红着脸说,我们做朋友吧。小麦说,我们不是朋友吗?赵雪天说,我是说那种朋友……小麦说,我没跟你说过吗?我都结婚十来年了,我的女儿都上小学五年级啦。小麦拍了拍脑门子,又说,哟,我好像还真没给你说过。

小麦说完,就"嘎嘎嘎"地大笑。

赵雪天都快气哭了,他指着小麦的鼻子说,你你你……

从这以后,赵雪天干脆就不来上课了。小麦想去看看他,可是又没他的地址。后来,小麦一直为这件事后悔不已。

毕业考试的时候,赵雪天出现了。不过每天晚上考完试,赵雪天都独自走了。小麦心情特别失落,甚至连试都没考好。直到最后一个晚上,赵雪天又像他们上学的第一个晚上那样,在学校门口等小麦了。赵雪天说,我妈在上个星期去了。小麦说,对不起,我不知道。赵雪天说,我妈特别喜欢你。小麦说,你逗我玩呢?你妈又没见过我。赵雪天说,我天天跟我妈念叨你,她自然就见过了。小麦眼圈一热,说,谢谢。赵雪天说,上次的事,是我不好,请你原谅。小麦说,那不赖你,谁让我们一块儿走了三年,竟然没有说到过这些事情。赵雪天说,其实我有预感,但我心存侥幸。我一直希望我的预感是错误的,所以不敢问。小麦说,那你前段时间为什么又问了?赵雪天说,我为我妈,我妈在走之前想见见你。小麦说,那你为什么不跟我讲明原因?至少我可以假装做你的女朋友,好让阿姨放心地走。赵雪天说,那样的话既欺骗了我自己也欺骗了我妈,我怕我以后在你面前抬不起头来。小麦说,没想到你也这么虚伪。都什么时候了,光想着自己!

赵雪天捂着脸哭了。

小麦说,走吧,今天我送你!

两个人骑车来到了赵雪天家所在的一个家属区里。赵雪天家住在一栋破旧的三层小楼里。两个人下了车,把车子立住。赵雪天指着三层唯一一扇黑着的窗户对小麦说,那就是我家。赵雪天从书包里掏出一张纸来,说,我妈没事儿喜欢画画儿,这是她根据我的描述画的,临终前,她嘱咐我一定要交给你。

画儿上画的是小麦,跟她本人竟然是那么的相似、传神!

小麦捧着画,终于泪眼蒙眬了。小麦说,雪天,阿姨走了,你看只有你们家黑着灯,以后再也没人在家里等你回来了!

小麦说完,哭出声来。赵雪天说,不是的,我妈在时,这个时候,家里也是黑着灯的。小麦说,为什么?赵雪天说,我妈知道这个时候我快回来了,她就关了灯,站在窗口看着我。

小麦张开双臂轻轻地把赵雪天抱住。小麦贴在赵雪天的耳边说,以后我们还会再见面吗?赵雪天说,当然了。小麦抬头望了望那无边无际的星空,说,雪天,我好像看见了阿姨!

赵雪天又把小麦送回来,快到她家胡同口时,小麦突然发现林木领着丫丫站在路灯下。小麦赶紧对赵雪天说,行了,你回去吧,我爱人来接我啦。

赵雪天一个急刹车,调头走了。

小麦走上前问林木,你们怎么在这儿?林木说,丫丫今天非要出来等你。接着又酸溜溜地问,那小子谁啊?小麦说,我的一个同学,顺路送我回来。林木说,行啊,还有一个保镖。走了两步,突然反应过来了,问,这几年,每天都是他送的你?小麦说,差不多吧。林木说,你竟然跟一个男的一块儿走了三年夜路!小麦说,是啊,要不,我为啥从来没碰见过坏人?林木说,好你个王小麦,你们孤男寡女的都在一块儿三年啦,你竟然捂得这么严实,连一点点风儿都没透出来!小麦一字一句地说,林木,我都走三年夜路了,你又什么时候问过我怕不怕?

林木像根木头一样站住了。

随后的几天里,小麦的心里像长了草一样,乱极了。她就去找了小溪,跟她讲了这件事。讲完了,小麦说,现在想想,我当初真不该那么粗心,应该早点把我自己的情况告诉他。小溪说,你还知道你粗心啊?小麦说,我这一辈子就粗心了这么一回。小溪说,你不怕我告诉我哥?小麦说,我知道你不会告诉他的。

留校不到半年,林木就在学校的筒子楼里弄了一间房子。当小麦知道自己即将有一间独立的房子时,人都傻了。

小麦用了不到一天的时间,就把自己的小窝收拾得妥妥帖帖。晚上,她让小溪领走了丫丫。她找了两床棉被从屋里面把门和窗子都挡上。然后,脱得光光的钻进了林木的怀里。

小麦搂着林木号啕大哭。小麦是一个泪窝子极深的人,这种人就是掉脑袋,也未必会掉一滴眼泪。可是今天,小麦就想大哭一场!

林木轻轻拍着小麦说,这些年,让你一直睡在过道里,我心里也难受,你从来没抱怨过,你善解人意,所以我觉得你好。越觉得你好,就越觉得自己不好!这次好了,我们有了自己的家,今天门和窗子又都挡了棉被,你就使劲儿地哭吧,把所有的委屈统统哭出来,我把它们当音乐听!

小麦把林木的裤衩儿扯了,把他抱紧,转涕为笑,说,你以为我挡了棉被是为了敞开地哭啊,你傻不傻啊!

小麦和林木的这一夜,得是多么嚣张多么猛烈多么辛劳多么幸福啊!

第三天傍晚,小麦正在走廊里炒菜,一个瘦男人推开门就进了她家。自从来到北京,住在婆婆家时,很少有人去串门。大概是婆婆讲究,没人愿意去吧。住出租房时,像做贼一样,更不敢招惹邻居了。刚搬进新家就来了个串门的,小麦感到非常亲切,仿佛又回到了小西沟。瘦男人眼神儿怪怪的,像是刚从地洞里钻出来——阴暗、潮湿。他也不客气,坐到饭桌前,拿起筷子就吃。小麦傻乎乎地说,看你这样儿,一定是林木的好朋友了,你吃着,我再加个菜。

说话间,小麦又炒了个尖椒肉片。

瘦男人一边吃一边说,这房子有我一半,让林木给强占了。

小麦这回真的傻了。

这时,林木回来了,他派小麦出去买了瓶二锅头,然后打发她去妈妈家接丫丫。他要跟瘦男人单谈。

等小麦从婆婆家把丫丫接回来时,林木正在悠闲地剔牙呢。林木告诉小麦事情解决了,以后不会再有麻烦了。丫丫睡了以后,林木跟小麦讲了瘦男人是如何把房子拱手让给他的。

瘦男人叫李义华,是哲学系的老师,前年分来的。李义华有个怪毛病,专偷女学生和女老师晾在室外的裤衩儿和乳罩,已经攒了一提包了。上个星期,李义华回老家了。林木发现了这个提包。林木想把提包交给学校保卫处,后来又打消了这一念头。于是,他把提包藏到了教研室,把李义华的床铺和东西给收起来,把门锁换了,房子就成林木一个人的了。他之所以这么做,心里是有数的。他相信只要跟李义华好好聊聊,他会搬走的。

小麦说,你快说啊,你到底是怎么聊的?

林木说,我只跟李义华讲了两句话:一,我不愿意跟一个有窥淫癖的人住在一块儿,你搬走;二,你不搬走,我就把提包交给学校。于是,他就决定搬走了。小麦说,他要不承认提包是他的呢?林木说,那是他多年的学术积累,他才舍不得让我收藏呢!林木还说,前两年不是讨论过"主观为自己,客观为别人"的问题吗,我这么做,就是对这一观点的具体实践。小麦说,我不明白你什么意思,太绕。林木说,这件事要是被我揭发出来,李义华以后也许就不敢这么做了,我们也有房子住了。小麦说,可他住哪儿啊?林木说,像我这样善良的人怎么会把自己的快乐建立在别人的痛苦之上呢,你放心吧,他有个老乡就住在楼上,现在出国了,他有钥匙,他平时基本就住那儿。

后来,小麦经常在走廊里碰见李义华。她觉着他挺可怜的。她就对林木说,要不,你给李义华介绍个对象吧?林木说,对象没有。我高兴时倒可以给他介绍个心理医生。我有个朋友,是个女的,学心理学的。正在寻找病人,这年头儿,有这种病谁也不敢往外说,所以,她想找个病人实践实践,难着呢。

时间不长,小麦晾在外面的乳罩也丢了。林木直接上楼找了李义华。李义华只好把最近偷来的乳罩都拿了出来。林木一眼就认出了小麦的。林木把小麦的乳罩翻过来,让李义华看,上面写着一个"林"字。林木说,以后认准了,见到有"林"字的,你就不要再"收藏"了。李义华说,你爱人不是姓王吗?林木说,可我姓林啊,她人都是我的啦,她的乳罩难道不是我的吗?李义华说,你没病吧?林木反问道,你说呢?

林木思索再三,最后还是把李义华介绍给了他的学心理学的朋友。

林丛要买彩电,朝小麦借钱。小麦也没存什么钱。林丛说,你的餐馆每天赚那么钱啊!小麦就给林丛算了笔账,还真是,她一个月就分到四百多块钱,跟在单位上班差不多。林丛回去把这事跟妈妈讲了,妈妈觉着不对劲儿,就装作吃饭的,连续一个星期天天去小麦的餐馆卧底。卧底的结果是,餐馆一天的"流水"绝对不止小麦说的那么多。一个月算下来,小麦至少得分七百多块钱。

婆婆找小麦郑重谈了这件事。小麦说,我知道,是管账的人和艾大姐一块儿做了手脚。婆婆鼓动小麦去公安局报案。小麦说,我不能这么做,这样对不起艾大姐,是艾大姐拉我一块儿把这个餐馆开起来的。婆婆说,你这是典型的小农意识。小麦说,我早晚会想办法解决的。

管账的人的孩子在上高中,语文成绩不好。小麦听说了,就让小溪给孩子补了两个月课。还真奏效,孩子的成绩上来了。管账的人要感谢小麦。小麦说,我不要什么感谢,我只要你好好工作,真心对我。管账的人良心受到谴责,就把和艾大姐一块儿贪污的钱交了出来。

事情败露了。小麦跟艾大姐摊牌:过去的事她不追究,以后由她自己一个人来全面管理餐馆,艾大姐只作为普通员工上班,当然,年底照样参与分红。艾大姐没脸面对小麦,决定离开。作为补偿,小麦一次性给了艾大姐五千块钱。

这些钱拿出去,小麦等于又从"零"开始了。

然而,小麦在北京开一家餐馆的愿望终于实现了。她工作起来更起劲儿了。她又觉得自己无比的幸福了。

人一幸福,起劲儿的就不只是在工作上,还有其他很多很多方面。当然了,对小麦来说,更多的是,体现在床上。小麦更加黏林木了。小麦每天晚上一回到家,把丫丫弄睡了,洗吧洗吧,就往林木被窝钻。此时,小麦已经拿到了大专文凭。所以,小麦钻到林木身下后,往往先说一句话,林木,你记住了,你现在身下压着的可不再是一个普通农民了,她已经是一个有国家承认学历的大专毕业生了。小麦够狂妄的吧?这么一狂妄,就又把自己鼓捣怀孕了。

说句实在的,林木对第二个孩子的即将出生是没什么思想准备的。他以国家已颁布了计划生育政策为由,劝说小麦把孩子打掉。没想到她早有了应对策略。小麦说,我是农村户口,可以生俩。林木刻薄地说,你一农民,在北京混了这么多年,终于可以优越一次了。这话有点伤人了。小麦急了,说,你们一家人,从来就没瞧得起我!这是她第二次抱怨他。一场战争不可避免地爆发了。这是一场蓄谋已久的战争。

让人意想不到的是,开火的竟然不是小麦,而是林木。林木诉说了他这些年的苦闷和不幸。最后,林木总结了一点,他之所以这辈子没机会走仕途,他之所以在创作上没什么突破,他之所以在学术上没什么建树,全都赖小麦,她不但帮不了他,还拖累他,他的才华都让她就饭吃了他的才华都让她当屎拉了他的才华都让她擦屁股了,都是她弄得他一事无成!他诉说完了,跑回妈妈家去住了。

小麦自始至终都没有还嘴。

妈妈看到林木瘦了,心疼坏了。林木说,可能是因为最近睡眠少吧。妈妈说,这个狐狸精,骚得我儿子都不敢在家住了!

第二天,婆婆杀气腾腾地来到了小麦的餐馆。小麦正忙得四脚朝天,婆婆却非要跟小麦谈谈。婆婆上来就说,你要爱惜林木,别让他肾亏了!小麦不知道婆婆话里有话,还傻呵呵地说,我一个星期给他吃两次腰花儿呢。婆婆说,真是骚狐狸闻不见自己个儿骚啊!小麦一听婆婆在骂她,终于明白她要说什么了。小麦说,杨老师,我原来初中毕业,现在呢,吭哧憋肚地总算拿了个大专文凭,还是夜大的。不像您,大学讲师,您以后跟我说话,别那么绕,我听不懂。婆婆说,这么多年,我就这么说的,你不一直听着吗?小麦说,以前在家里,有林木给我翻译呢,现在他不在啊。你说你单独跟我见面,总不能像电影里的日本鬼子一样带个翻译吧。婆婆说,那好,我们现在不是婆婆跟媳妇对话,是女人跟女人对话,就让我们把脸皮撕破了吧。小麦说,这就对了,女人跟女人之间有什么不好说的,说,敞开说!婆婆说,根据我的经验,结合你们现在的具体情况,林木又要上课又要写文章,你呢,每天也差不多要工作十四个小时,你们一个星期最好不超过两次。小麦说,两次什么?婆婆咬了咬牙,说,做爱。小麦说,做爱是什么?婆婆脸红了。小麦说,你讲的那是外语。我理解可能就是同房吧。说完,就"嘎嘎嘎"地大笑。笑完了,小麦又说,杨老师,其实你挺有女人味儿的,你年轻时也有好多男人追过吧?婆婆说,简直太不像话了!说完,婆婆要走人。小麦拉住婆婆,神秘兮兮地说,杨老师,你放心吧,从现在起,我们很长时间内,一次也不需要了。婆婆一惊,说,怎么啦,出什么事啦,谁病了,得什么病啦?小麦说,我怀孕了,我要给你生孙子了,妈!

婆婆高兴得都不知道姓啥了,大叫,我的天啊!从现在起,你在家休息,我来替你管理餐馆!

小麦没回家休息,她可没那么娇气。小麦对婆婆说,我娘生我时还在庄稼地里薅草呢。婆婆说,你是你,我孙子可不能让你给生在餐馆里。从那以后,小麦被婆婆盯上了,婆婆都快成了小麦的影子了。其实,婆婆在餐馆里也干不了什么,她说三道四,好为人师,大家都不喜欢她。有人向小麦告状,说婆婆碍手碍脚的。小麦就笑着说,人家是大知识分子,看问题比较细致,比较全面,比较讲究,我们就多担待,多学习吧。不过,那段时光,是小麦和婆婆相处得最和谐的日子。后来小麦每每回忆起,心里是很温暖的。有一次,小麦甚至对婆婆说,我要是永远都怀孕该多好啊。婆婆说,你看看,你的心比地主婆的还黑啊!

婆婆把家里仅有的五百块钱现金给了林丛和刘雅致,让他们出去租了房子。这样一来,小麦和丫丫就可以随时回去住了,婆婆也可以随时照顾小麦了。

有一天,婆婆来餐馆时,脸色苍白,还戴了个厚帽子,像是大病初愈的样子。小麦问婆婆怎么了,婆婆一开始不说,坐下来就择菜。小麦给婆婆端了杯热水。一杯热水抱在怀里,婆婆就哭了。原来,小麦最近的生意好了,有点余钱了,她给卧床的公公买了台彩电。这彩电被刘雅致盯上了。趁婆婆不在家,她用她的破黑白电视把彩电给调包了。婆婆去找刘雅致理论,被她骂出了家门,她还在屋门口的台阶上推了婆婆一把。婆婆的头碰到墙上,破了皮。刘雅致还不让林丛去扶妈妈。看热闹的人,围了个里三层外三层的。

婆婆哪受过这样的屈辱啊!

小麦对婆婆说,昨天你们把林木叫回去,他一夜未回,你们就商量这事了?婆婆点头。小麦说,有什么结果?婆婆摇头。小麦说,你们一家子窝囊废!

小麦叫上小溪去了林丛家。一进门,还没等刘雅致看清来人是谁,小麦上前就是一顿乱挠乱打,刹那间,刘雅致只有抱着脑袋求饶的份儿了。林丛冲进来把小麦拉开。刘雅致抄起搓板要反攻。小溪挡在小麦的面前,说,我大嫂又怀孕了,你要敢动她一个指头,我要你小命!

刘雅致被镇住了。

小溪抱着彩电跟小麦往回走。小溪问,你怎么想起来让我跟你一块儿打架啊?小麦说,你们林家,除了爹有骨头,剩下就是你狠了。急了眼,你敢往死里咬人!小溪说,你放屁。依你这么说,我成了夜叉了!小麦说,对了,还是母的!

于是,小麦又跟小溪在大街上吵了起来。这种吵,自然是小溪占便宜。小溪从小尖酸刻薄,嘴不饶人。但她损人不带脏字,不温不火就把你骂了。你挺疼,你恼火,但你想找找牙印儿,却没有。不愧是语文老师,有水平,有手段。小麦愿意听小溪说话,还有点崇拜她的意思呢。她也曾经想学着小溪的样子从容地骂架,可是不行,她天生是上手就挠的主儿。

小溪把小麦一顿臭损。小麦还甜兮兮地说,你别生气,咱姐俩儿谁跟谁,哪儿说哪儿了啊。小溪说,谁跟你是姐俩儿?小麦说,我叫小麦,你叫小溪,不是姐俩儿是啥?我在那么远的乡下,你在这么远的城里,我们竟然凑到一家了,不是姐俩儿又是啥?小溪说,也是啊,我还从来没注意过。小麦说,妹妹,我这会儿想吃橘子了,不,是你侄子想吃橘子了。小溪只好放下彩电,赶紧去路边的商店买橘子了。

话又说回来,小溪碰到小麦,她又能怎么样呢?

彩电事件后,婆婆对小麦更是好上加好,有时都有点低三下四了。小麦吃饭,婆婆在边上端着热水;小麦上厕所,婆婆在边上拿着手纸。婆婆还自我解嘲地说,我还能怕我孙子臭吗?有一次,小麦要吃冻梨。婆婆就步行了二十多公里去大红门农贸市场买。回来时,鞋帮儿都快走掉了。像婆婆这样自命不凡的知识分子,谁要给她一点好处,她必然会感恩戴德一阵子。过后,等到有利益纷争了,再继续跟你翻脸。没办法,这是他们的致命伤。

李义华领着林木的学心理学的朋友来家里了。原来,两个人竟然谈上恋爱了。小麦和林木都很感慨。感慨之余,小麦又冒傻气了,说,这找对象也是怪事,真得对眼儿,鱼找鱼虾找虾,绿豆豆找癞蛤蟆啊。弄得林木的朋友很不高兴,说,早就听说你是农村的,今天一见,果然开眼了,农村人的语言就是鲜活、有生命力,你应该去写小说才对。倒是李义华圆了场,说,嫂子的话虽然难听,但道理不错,就冲着这道理,我们也得表示感谢。说完,从包里掏出了两桶麦乳精。

客人走后,林木劈头盖脸把小麦说了一通。林木还规定,以后他有同事和同学来访,小麦最好闭嘴。小麦说,好啊,以后再来客人,我就找个毛巾把嘴塞上。

孩子出生了,果真是个男孩儿,叫了林小小。名字是小麦起的。小麦让林木给孩子起名儿,林木老说自己不会起名字,一拖再拖。小麦说,那就叫林小小吧。在起名字的问题上,婆婆再一次妥协。

小麦抱着林小小从医院出来,就被婆婆接到了她的家里。她要好好地伺候月子了!

小路被妈妈赶到大哥家去住了。而林木又睡到了过道上。小路的房间自然就成了小麦、丫丫和小小的了。

小小的出世,让婆婆和小麦的关系又发生了逆转。或者说,两个人的关系又回到了原来的轨道上。

自从回到家,婆婆抱着小小就不撒手了。除了喂奶和睡觉外,基本上都在她怀里。小麦想让婆婆去照看一下餐馆。婆婆说,什么餐馆?好像小麦的餐馆压根儿就不存在一样。小麦跟林木抱怨说,到现在我还没看见我儿子长什么样呢!林木说,我妈那不是怕累着你嘛。婆婆把做饭的事交给了林木。小麦在怀孕时,已经吃馋了,根本吃不下去林木做的饭。婆婆竟然还对小麦说,你从来就馋,这回减减赘肉吧。有一次,小麦上厕所差点摔倒,婆婆拿眼瞭了一下,都没说过去扶一把。

小麦在怀孕时鼻子特尖,能闻出二里地去。坐月子了,她鼻子依然灵敏,还跟其他宝宝妈妈不一样。她老觉着婆婆身上有股怪味,她叫来小路帮她确认,直到把婆婆闻得抱头鼠窜。婆婆委屈得都哭了,跟林木说,这下倒好,一开始我嫌她,现在她倒嫌起我来了,要反攻倒算啊。就说落实政策吧,也落实不到她头上啊。小麦还老怀疑婆婆没洗手就干这干那。一天恨不得问婆婆一百遍"你洗手了吗"。婆婆气急了,就把手伸给小麦,说,都洗秃噜皮了,还要我怎么样?可不是,手都发红了。小麦说,不是说你洗的遍数多就干净了,关键是洗手的方法和用没用洗手液!

在给孩子穿衣服和洗屁股等事务上,婆婆和小麦的矛盾更是不可调和。婆婆喜欢用个人经验,小麦更相信书本。从怀孕起,小麦就遍翻各类育儿书,对一些基本的原理早已烂熟于心。小麦干什么都拿个体温计,好像离了体温计就要大难临头了。婆婆被逼得晕头了,竟然说,早知道你这么难伺候,我还不如自己生一个呢!小麦也有些无礼了,说,那你现在就生一个给我看看!

婆婆和小麦正打得不可开交呢,助战的又来了。谁啊,小麦娘啊!娘听说闺女又生了胖小子,背个破纤维袋子,就摸到北京来了。

娘一来,小麦的腰杆儿就更硬了。她除了给小小喂奶,就是睡大觉。睡醒了,一会儿喊,娘给我做点这个,一会儿喊,娘给我做点那个。娘做好了,小麦就大口大口往嘴里塞。娘也一会儿喊婆婆,他大娘,你帮我拿点这个,一会儿喊婆婆,他大娘,你帮我拿点那个。天下一下子成了别人的啦,倒显得婆婆多余了。婆婆就跟林木嘀咕说,一个乡下老太太除了做过猪食还做过什么,小麦为啥吃得那么香!林木说,你没看见她也是强往下塞?婆婆问,她为什么要这样?林木说,她要的是感觉,被人宠着的感觉。婆婆说,有病!

娘一见到街坊邻居,就把乡下老太太的处世经验演绎得淋漓尽致。很快,她就和胖大嫂等人打成了一片。互相送吃的,互相串门不说,她还去人家家里打上扑克了。婆婆怕娘跟邻居走得太近,生出什么婆婆妈妈的事来,就很不客气地给她提了一些要求,当然主要是说些在北京跟外人打交道要注意些什么。这一次,小麦没帮娘说话。娘自然就有了些想法。

有一次,小小大哭不止,娘怀疑他是肚子疼,就剥了一瓣紫皮蒜,蘸了点咸盐面儿,给小小塞到屁眼儿里去了。婆婆发现后,一边尖叫着一边给抠了出来。婆婆气愤之极,推了娘一把,娘出溜到地上,耍起赖来了,说,你敢打我!小麦也不愿意了,黑着脸对婆婆说,我娘再不对,你也不能打她呀!婆婆咆哮道,她那是不对吗,她那是要谋杀我孙子!都什么时候了,你还跟她一伙?

还有一次,小小发烧了,一家人赶紧抱着他去医院。当着医生的面,婆婆数落小麦懒,懒得屁股都快胖成磨盘了,说她半夜里睡得跟个死猪似的,小小把被子蹬掉了她都不知道,硬是把小小冻着了!医生也严肃地批评了小麦。这下娘不干了,拽着婆婆就出去了。

当时,小溪也在场。小麦怕娘跟婆婆打起来,就打发小溪赶紧去看看。小溪幸灾乐祸地跟着出去了。娘把婆婆拽到走廊的拐弯儿处,看看四下没人,就说,我一进你们家门,就看明白了,这些年,你没少给我们闺女吃下眼子食,今天我非教训教训你!婆婆说,有其女,必有其母,在小西沟我就看明白了,你也不是什么好鸟,我早就想给你拔拔毛了!

说完,两个人动手开打。打得天昏地暗,打得难解难分。

小溪在墙边探头探脑看了半天,也看明白了,两个人都没往要害处打,只是在撕皮抻肉。小溪就一直在走廊这边把着,为的是不让外人看见。两个人打累了,就互相瞪着。婆婆说,今天没分出高低,以后再打。娘说,你拉倒吧,过几天我就走了。婆婆说,要走了?娘说,是啊。婆婆说,我们还没好好认亲家呐。娘说,今天就算正式会亲家啦。婆婆被逗笑了,说,谁跟你会亲家啊,我这是痛打落水狗!

事后,小溪把她在医院走廊拐弯儿处目睹的场面跟小麦和林木说了,差点没把小麦笑死,笑得奶都顶回去了。后来,用猪蹄子催了好几天,奶才又回来。小麦偷偷跟娘说,听说你跟我婆婆干了一架?下次不能再动手了,不然我以后怎么做人啊!

妈妈主动跟小溪讲了这件事。妈妈纳闷儿,小麦娘为什么那么歇斯底里,敢在医院跟她大打出手?小溪说,你亲你儿子,人家也亲人家闺女;你儿子是大学生是你的宝贝儿,人家闺女再穷再土再没文化,也是人家的掌上明珠;你没看我大娘一来,我大嫂就什么都不干了,直着脖子等我大娘伺候,我大嫂是多孝顺多憨厚的人,难道她不知道此时此刻伺候伺候我大娘?我大嫂知道我大娘不需要这些虚伪的孝顺,而我大娘知道我大嫂在这个家需要最起码的尊重!为了这点尊重,她决定狠狠收拾收拾你,给你点颜色看看,给我们家点颜色看看!

沉默了很久,妈妈对小溪说,你说我们家这些年是不是真的对你大嫂不好啊?小溪说,那我哪儿知道啊,事情都是你做的,你去好好反思反思吧!

娘从胖大嫂那儿听说,婆婆原来还生了个四儿子,很小很小就夭折了。婆婆当时悲痛万分,几乎就神叨了。小麦终于恍然大悟,婆婆每天把小小抱得如此之紧,她是把小小当成自己的儿子养啦!

小麦倒吸了一口凉气:婆婆原来是如此恶毒!

小麦二话没说,收拾收拾东西,抱着小小就回到了林木学校的筒子楼。而娘呢,并没走,她白天帮着小麦照顾小小,晚上坐公车回到婆婆家住。这样的安排竟然是娘自己想出来的。娘跟婆婆谈了,婆婆也同意了。为什么?因为公公原来能自己翻身,现在有点费劲儿了。婆婆已经没精力来管小小了。由娘来照顾小小是最合适的了。

小溪又爱上了一个她不该爱的人。后来,这个人在感情上伤了她的骨头动了她的筋,她差一点就没过去这道坎儿。

这个人叫周英俊,比小溪小四岁。是小溪教过的学生,大学毕业后又分配到小溪所在的中学教书。周英俊名副其实,眉眼长得很英俊,若不是瘦小了点,可真算得上是帅小伙儿了。他跟小溪在同一个教研组。报到的第一天,他就给她写了张纸条,说,我是因为你,才分到这儿的,不然我可以继续读研。就因为这一张纸条,她就开始跟他频繁地约会。不到四个月,两个人就领了结婚证。

领结婚证前,小麦见过一次周英俊,她觉得他哪儿有点不对劲儿,可又说不上来。小麦跟小溪说,我觉着他跟你不太合适,你还是别太草率了。小溪说,你是看我找到幸福了,心生嫉妒吧?为了让你一辈子都嫉妒,我一定得嫁给他。小麦说,你为什么这样对我?小溪说,因为我嫉妒你!小麦说,我有什么可让你嫉妒的?小溪说,很多很多。小麦说,真的?小溪说,真的。小麦说,举个例子吧。小溪说,你没我年轻,也没我漂亮,可凭什么那么多男人死心塌地地喜欢你?又是"狐狸围脖"又是赵雪天又是蒋东升的。小麦"嘎嘎嘎"地笑着说,长这么大,我还是第一次让人嫉妒呢,我真幸福。小溪说,傻样儿。小麦说,那你喜欢他什么?小溪说,狠!教研组有个老娘们儿这些年一直欺负我,他来了,就不声不响地把她整治了。小麦有些担忧地说,你俩的心事都太重了,凑到一块儿不好,过不好,我劝你还是再想想。

但小溪这种人是一条道一定要走到黑的。

在小麦的操办下,小溪又热热闹闹地结婚了。

林木刚刚参加工作时,是踌躇满志、意气风发的。白天看书、上课,晚上写文章。他还主动要求当班主任。日子过得很充实。他文采飞扬,嘴皮子又溜,深得学生喜爱。上了几节课,他就有野心了,准备过两年出诗集,还准备像一些老教授那样出专著,将来成为大师。可是,不久他就受挫了。他想破格申报讲师职称,结果未通过。他去找系主任理论。不管系主任如何解释,他就是觉得系里做事不公。他说,某某某,就一篇文章,评上了;某某某,讲课那么差,也评上了。系主任说,你说的也许是事实,可有一条,你说的这些人资格都比你老,有的甚至已经当了十年的助教了。林木说,这是论资排辈,这是打压年轻人,我要向这不良的学风宣战!

林木的所谓宣战就是发牢骚,利用各种场合散布对现状的不满。像他这样自我膨胀、自视清高,还有点自私自利的知识分子,一旦在现实中受挫,就怨天尤人,就觉得天下所有人都对不起他,在他眼里没一个好人。好在,像他这样的人,在大学里不在少数。他骂,别人也骂;他骂别人,别人也骂他;大家当着面骂,背地里也骂。在这样的环境里生存,大家都没什么不适,反倒觉得很舒坦、很自在。

可回到家里,就不行了,林木没有发牢骚的对象了。别说小麦现在忙着弄小小,即使没有小小,她也不会参与他的骂大街的。她就不是一个婆婆妈妈的人。

林木追在小麦的屁股后面,一遍又一遍地讲系主任怎么怎么不是东西,讲某某某老师还是教当代文学的呢,只读过一本《艳阳天》。小麦听他讲完了,要不就说你把什么什么东西递给我,要不就说外面太阳这么好你把小小的尿布拿出去晾晾。

林木是对牛弹琴啊。他感到了从未有过的孤独。尽管小小随他,喜欢哭,并且哭得特别嘹亮、高亢,但他依然感到了从未有过的孤独。

从那时起,林木就经常外出。要不就跟朋友出去喝酒解闷,要不就去什么沙龙上倾诉,要不就去学生举办的舞会上狂欢。总之,他觉得外面的空气比家里的好。

林木经常很晚才回家。回到家后,就趴在布帘子后,写啊写啊。有时候,把写了半天的稿子揉巴烂了,扔了。然后,一声叹息。

林木觉得自己的文路一下子断了。就像小麦一样,奶水说没就没了。他开始抽烟。头几天还不会抽,把自己呛得半死。抽着抽着,就上道了,会用鼻孔走烟了。他很兴奋,说,我说写不出来了呢,原来是不会抽烟啊!

小麦刚开始以为林木抽着玩儿呢,就没吱声。见他大张旗鼓地买了一条烟回来,她不干了。她说,你怎么还憋咕上烟了,小小这么小,你想让他吸毒啊?你想把他熏成傻子啊!他说,在小西沟时,你二大爷家四杆烟筒,你二大爷的小孙子也活蹦乱跳的,也挺聪明的。她说,那是在小西沟,这是在北京。他说,连你……你,你都忘本了。她说,在小西沟土窝里,你都没学会抽烟,现在日子好过了,倒有烦恼了,为什么啊?他终于火了,说,你问我,我问谁去?小小醒了,还没睁开眼呢,先号上了。她也火了,说,要抽,出去抽!

这是小麦第一次跟林木发火。他蒙了。他说,你……你……你敢冲我大吼大叫,你反了!

林木张着大嘴,拿着烟出去了。

此时,若娘在场,往往会劝小麦说,他是用脑子的人,你应该体谅他。小麦也不会跟娘抱怨什么,会说,我知道。

有一次,小小拉屎拉到了床上,小麦擦到半道,恰好没卫生纸了,娘把林木桌子上的一本稿纸扯了两张,递给她,她顺手用来擦屎了。林木回来后,发现稿子没了两张,如丢了魂儿一般,满屋乱窜,窜完了,就喊,那是我的心血,那是我的灵感,那是我的思想啊,这些全都没了,我还活着干吗?喊完了,就蹲在地上,抱着脑袋哭。

小小可能觉着好玩,瞅着爸爸,"嘿嘿嘿"地笑了。

小麦则哭笑不得,替娘给林木认了半天错。要说起来,这事也不怪她,她让他买卫生纸,他给忘了。他说,你是故意的,报复我。她"嘎嘎嘎"地笑了,说,林木,你有点胡搅蛮缠了,我是那样的人吗!

就在林木苦闷、彷徨的时候,陈红梅出现了。他在迎新晚会上见到她时,还以为是在梦境里。结果不是梦境,陈红梅实实在在地出现在他的身边了。让林木激动的是,陈红梅师专毕业留校当了几年老师,如今又考上了他所在的学校、所在的系的硕士研究生。让他更加激动的是,她依然那么年轻、那么漂亮。

在以后的一段日子里,林木和陈红梅一块儿跳舞一块儿逛书店一块儿听讲座,他们好像又回到了知青岁月,形影不离了。他们一起回忆过去,畅想未来。他们像所有八十年代的青年一样,摩拳擦掌,充满激情,准备随时随地把握现实,改变命运。可是有一天,他们在一个饭馆儿面对面坐着的时候,突然停电了。服务员端来了蜡烛。

在朦胧的烛光下,林木和陈红梅互相看着,好像把对方的秘密都看穿了。气氛有些尴尬。其实,即使不停电,他们的内心也已经发生了微妙的变化。只不过,谁都不好意思先捅破那层窗户纸罢了。

还是陈红梅先开口说,你知道我为什么考研回北京吗?林木轻轻地点了一下头,说,我当然知道。仅仅是这一句话,她就坐过来了。她轻轻地靠在了他的肩上。他一动不动,怕扰了两个人的心跳。

再回到家里时,林木就像换了个人,又有灵感了,又开始趴在桌上奋笔疾书了。有时还主动帮小麦干点活。其实,他也是瞎干,净帮倒忙。她呢,也不说他什么,自己再重新来。只要他高兴了,她比他还高兴。

有一天,陈红梅把自己写的一篇短篇小说拿给林木看。小说是写知青生活的,有质感,有穿透力,只是在叙事上幼稚了一点。他熬了几个晚上,把小说修改了一遍。她主动提出来,以他俩的名义拿去发表。为了表达她对他的爱,她坚持把他的名字署了第一作者。小说很快在《北京文学》上发表了,并且引起了比较强烈的反响。林木和陈红梅一下子成了学校的名人。自然,关于他们的闲话也就传出来了。

闲话很快传到了筒子楼里。一个跟林木在同一个教研室的男老师跟林木住一层楼,那男老师的爱人叫刘清清,在学校医务室工作,平时喜欢在背地里嚼个舌头。她见人就嘀咕说,林木跟一个女学生搞上了,有人看见了,两个人在图书馆后面的小树林里抱着啃呢!小麦自然是会听到这些闲话的,她把它们就饭吃了。有好事者,还把所谓的小树林里的事给她描绘了一番。她却笑着说,他肯定是在辅导学生呢。在走廊上、在水房里,她依然喊着"林木林木",林木也应声出来。在别人的眼里,此时的他们是"妇唱夫随"的。邻居们没辙儿了,只好摇头说,这个傻大姐儿!

林木竟然穿起了陈红梅给他织的毛衣。毛衣有些土了,也有些小了,前不着村后不着店的。小麦看到了,当时没说什么。过了两天,吃饭时,小麦不知怎么地就跟娘说起了二大爷,又不知怎么地说起了当年二大爷家的羊毛给秃噜光的事。娘笑着说,你爹知道是林木他们干的,给你二大爷背去了两斗小米,你

155

二大爷才答应不追究的。林木听了羞愧难当,晚上,偷偷把毛衣脱下,藏起来了。

林木和陈红梅的小说竟然获得了全国短篇小说奖。这样的大奖对提高学校的知名度来说当然是有好处的。学校一高兴,就张罗着破格给林木评职称,这次不是什么讲师,而是副教授!还要特事特办。

一封反映林木和陈红梅乱搞男女关系的匿名信寄到了校长的手上。匿名信的事很快传遍了校园。林木破格评副教授的事自然就悬了。林木找陈红梅谈话,希望暂时中断来往。她感觉自己受到了欺骗。他这才意识到他们的关系没那么简单。话又说回来,他们之间真的没有什么,只是拉过几次手。可是,这些能向组织去说吗?他林木还没有下作到如此地步。

林木再一次偷偷扇自己的大嘴巴,把两个鼻孔都扇出了血。一气之下,他把修改过的小说手稿一撕两半,扔进了垃圾筐。小麦发现了垃圾筐里的手稿。她以为他又因"难产"而发疯了。她怕手稿日后有用,就把它捡了出来。

林木竟然怀疑是自己当年的班主任伊老师写的匿名信,告了自己的黑状。林木多次跟小麦嘀咕这事。林木说出了自己怀疑的理由:伊老师虽然水平很高,但他为人偏执、苛刻,所以至今还是个讲师,他肯定眼气他的学生要当副教授了,心理不平衡了,才狗急跳墙了。当然,还有一个理由:伊老师快五十岁了,依然单身,他对乱搞男女关系的老师一向是恨之入骨的。只是这一点,林木不好讲出来。小麦说,伊老师是多好的人啊,与世无争的。你忘了,你读书时,他在各种场合说你有才华,到处推荐你发稿子,没有他的抬举,你能有今天吗!林木说,他牢骚太多。小麦说,你还天天发呢。你就不允许他发了?再说了,他的牢骚也不是为他自己发的啊。你忘了,前几天他还找校长反映你们年轻教师的住房问题呢!林木说,我就怀疑他,一看他眼神就像。小麦说,你心眼儿太小,别老盯着那些屁大点儿的利益。你别每天瞎琢磨,没事也让你琢磨出事来了。

可是林木不听小麦劝,竟然在系资料室里当着七八个人的面质问伊老师,伊老师指着林木,干张了半天嘴,晕过去了。大家七手八脚把伊老师送到了医院。

小麦一直在医院给伊老师陪床。伊老师自始至终没跟小麦说过一句话。伊老师出院了,他的一个远房侄子躲躲闪闪的,不想背他上楼。小麦猫下腰背着伊老师就走。走在楼梯上,不知是轻轻地绊了一下,还是故意的,小麦一下子跪下了。小麦没有马上爬起来,而是低声哭了。小麦说,伊老师,我们家林木对不起你啊……

伊老师这才算是原谅了林木。

有一次,在水房里洗菜,刘清清悄悄对小麦说,傻妹妹,我得跟你说一件事,这事我想了三天三夜,我得告诉你,你听了可别骂我。小麦说,你说。刘清清说,你们家林木跟一个女学生搞……搞……小麦说,搞破鞋,是吧?刘清清说,你们东北也这么说啊?小麦说,搞破鞋本来就是东北话,不知怎么传到你们北京来了。刘清清说,对,就是搞破鞋。小麦说,跟谁啊,在哪儿啊?刘清清说,那我可说不好。小麦说,下次你抓着了,再向我汇报。不然,我就当他跟你搞了!

在结婚一周年纪念日那一天,小溪把周英俊和一个女人堵到了自己的床上。最可恶的是,这对狗男女竟然当着小溪的面干完了他们的苟且之事。小溪气得当场昏厥过去了。

小溪从医院出来,就去学校找周英俊,她要在大庭广众之下揭发他的丑闻,然后跟他离婚。其实,他早在教研组等她了。她还没开口,他先跳起来了。他宣布他要跟林小溪老师离婚。大家都觉得荒唐,因为他们两个人关系很好,整天出双入对的。他离婚的理由,就更荒唐了。

周英俊跟小溪结婚然后又故意离婚竟然是出于报复。他上高三时,小溪是他的语文老师,因为她长得漂亮,有女人味,班里很多男同学都暗恋她,他更是为她痴狂。男同学们就起哄让他给她写情书,他若不写,其他人就写了。为了争风,他就写了。没想到,她收到情书后,把它油印了出来,发到了每个同学手上。她把这封情书整整讲了一堂课。讲什么?讲怎么修改病句。她从一封一千多字的情书里找出了二十个病句。课堂一片哗然。后来,很多同学讲,这是他们一生中听到的最震撼最丰富最美妙的一课堂,从那以后,他们的语文水平大大提高,并且写东西再也不敢马虎了,再也不敢有病句了。有人还因此成了大作家。

此事对周英俊的打击可想而知。他对自己发誓,日后一定要把小溪追到手,跟她结婚,玩她三百六十五天,然后,一脚把她蹬掉。

小溪用了近乎恶毒的方式羞辱了一个痴情少年。痴情少年又反过来用了丧心病狂的方式报复了小溪。只是,这一来一往,代价太大了。

小溪听了周英俊的讲述之后,眼神都直了,如果不是小麦及时赶到,及时在后面推了她一把,她肯定会再次昏厥过去。小溪咬了咬牙,心说,这种场合我是无论如何不能趴下的。小麦把小溪推出门,上前一顿拳脚把周英俊打得满地找牙。要不是周围人拉着,他的脸真就花了。

小溪在床上躺了近一个月。再出门时,已是瘦得皮包骨了。她跟周英俊办完了离婚手续,就张罗着从学校调走。

小麦跟小溪谈了五分钟,小溪就放弃了调走的想法。小麦只问了小溪一个问题,换个环境,你就能忘掉过去吗?小溪说,不能。小麦说,既然这样,你最好不要离开,离开了,好像一时没事了,好像没人知道你的过去了,好像伤口就好了,其实只是皮好了,里面还溃烂着呢。在我们老家,人让疯狗咬了,没什么狂犬疫苗可打,铰一把疯狗的毛,把它烧成灰,敷在伤口上,几天就好了。你不走,扛一扛,肯定就过去了,要不,你一辈子都过不去。

最后,小溪没调走,周英俊调走了。小溪的同事们知道了她的遭遇,都对她表示了真切的同情。那段时间,大家天天陪她聊天,就聊她的事。大家发泄完了,她也发泄完了,真就轻松了。不到一年的时间,她就走出了心理阴影,又神采飞扬地站到讲台上去了。

陈红梅不相信她跟林木就这么完了。她约他在自己的宿舍里见面。她的宿舍在另一座筒子楼里。这是一栋研究生宿舍楼。因为研究生少,没住满,又住了一些青年教工。因此,有些乱。林木对这次约会本来是犯嘀咕的,可又一想,现在除了陈红梅的宿舍,也再没有更安全的地方了,就硬着头皮去了。

林木走了不到十分钟,刘清清就神秘兮兮地来找小麦了。刘清清二话不说,拉着小麦就走。小麦被刘清清一溜烟儿地拽到了研究生宿舍楼的三楼。她们穿过走廊,来到拐角处,刘清清指着一个门,低声说,这次保证抓现行,抓不着,你就拿我当破鞋去游街!说完,刘清清拉着小麦一起蹲到了一个破柜子后面。

一会儿,走廊的那头响起了急促的脚步声。小麦探头看了看,是保卫处的人。他们手里拎着警棍,走了过来。她脑袋"嗡"地一下反应过来:人家这是来捉林木和陈红梅的奸了。她大叫一声,冲了出去。

因为小麦莫名其妙的纠缠,保卫处的人被堵在了走廊上。也许是小麦为林木赢得了非常宝贵的时间,当保卫处的人撞开陈红梅的宿舍门时,林木和陈红梅是穿戴整齐的,尽管林木的头发乱了点,陈红梅的眼睛红肿了点,可是那又能说明什么呢?

娘知道了林木和陈红梅的事情后,非常气愤,她扬言天亮就去给大仓拍电报,让他来北京收拾林木。小麦跟娘吵了半天,娘才不闹腾了。

林木反倒像个受气包一样一直蹲在墙角。

小麦把小小塞给娘,离家出走了。林家人找了一天一宿,也没找见个人影儿。第二天晚上,林木从墙角里站起来,说,别找了,我知道她去见谁了。妈妈问,谁啊?林木说,赵雪天,她的一个夜大同学。妈妈说,那你还不去找啊!林木说,我不知道他住哪儿,也没有他电话,估计小麦也快回来了。娘说,你为什么那么有把握?林木说,她想小小,再说,她奶水多,这会儿肯定胀得不行了,也该回来了。娘指着林木妈妈说,你瞅瞅,你们这一家子人,都是些什么玩意儿,这说的是人话吗,干的是人事吗?妈妈不甘示弱地说,我看你们家的人也不怎么样!娘说,我们家的人怎么啦?妈妈说,王小麦不是一样跟人勾搭连环吗?娘说,是啊,这个鳖犊子怎么还跟什么什么大雪天搞到一块儿了!之后,又说,我的闺女我知道,她绝对不会干那种狗扯羊皮的事!

正说着,小麦真的回来了。两个老太太一块儿忙着给小麦做了饭,然后,一句话没说,就领着其他人赶紧撤了。

其他人一撤,林木抱着小麦就问,那个赵雪天是不是把你祸害啦?小麦说,谁祸害谁还不一定呢!林木放开小麦,抱头痛哭,说,哎哟,我这辈子就怕失身,可我终于还是失身了!

筒子楼里,关于小麦和林木的流言四起。刘清清在水房里念闲秧,还一套一套的,说什么男人点炮、女人站岗,男人泡妞、女人买单。小麦听了,只好打掉牙往肚子里咽。连续一个星期,小麦每天都在半夜醒来,怎么想怎么憋气。她就用被子蒙上头,用枕巾捂住嘴,努力不让自己哭出声来。

其实,捉奸的闹剧是刘清清和她的丈夫一手导演的。他们早就盯上了林木和陈红梅,想伺机把他们抓了光腚子家雀儿。他们为什么要这样做?因为刘清清的丈夫也已经当了十年的讲师了,至今没评上副教授。而林木刚工作两年多,就要破格评副教授,刘清清的丈夫一想起这事,就气得肚子疼,疼得厉害了,就要给林木上手段了。

事发后,林木的脖子似乎断了,在家里,头怎么也抬不起来。小麦什么也不说,每天吃饭时,把饭给他端到桌上;每天睡觉前,把洗脚水给他端到床前。但就是什么也不说。耗了一个星期,林木耗不住了,说,你怎么不问问我?小麦说,问什么?林木说,我跟陈红梅的事啊。小麦说,你们有什么事?林木说,我们没事,我们真的没事。小麦说,那你让我问你什么?林木就把他跟陈红梅的事前前后后都交代了,甚至包括拉了几次手,抱了几次腰,等等。小麦终于"嘎嘎嘎"地大笑了,说,是陈红梅腰细还是我腰细?林木认真地说,差不多。小麦说,林木同志啊,这还没给你灌辣椒水让你坐老虎凳呢,你就全招了,多亏你不是共产党员,要不,我们的革命队伍里又多了个叛徒!

林木摸不清小麦的真实意图,以为她还在生气,咧着嘴就要哭。小麦就说,自从有了小小,我可能疏远了你,这都是我的不对,我正式向你道歉!她这么一说,林木真哭了。哭完了,又交代了一次。

原来,陈红梅跟林木的最后一次见面不是一般的约会。她提出了一个要求,让他跟小麦离婚,然后跟她结婚。她甚至威胁他说,如果他不答应,她就把小说署名的事在晚报上公布,她认为小说是她一个人创作的,他只是润色了一下,她因为爱他,才把他的名字署上去的,现在,既然他不爱她了,她也要把她的爱收回去。小麦听完了,说,你们知识分子可真是小气,那东西都付出了,还能收回去吗!

小麦在她的餐馆里请陈红梅吃了一顿便餐。这样的安排,小麦是动了脑筋的。人一旦坠入了怀旧的气氛里,就什么都好谈了。

该聊的都聊了。小麦准备进入正题了。小麦拿出了用糨糊粘起来的小说手稿递给陈红梅。小麦说,我没念过什么书,不懂文学,我不知道这篇小说到底应该是谁的创作,但我看林木在上面写下了一行行小字,那些小字就像刚钻出地皮的小苗一样,娇嫩,娟秀。当初在小西沟,我就是见了他的字才喜欢上他的……我相信,你们之间,也是真的,我希望你不要把他毁了,他好不容易才有了今天……陈红梅红着脸,说,我是一时糊涂,才那样逼他,我现在想明白了,我们之间,该写在纸上的,已经写在纸上了,该留在心里的,也留在心里了。临了,陈红梅问小麦,那天晚上,你为什么要救我们?小麦说,在农村,人们见到链秧子的狗就追打,好像有多正派似的,我从小就特反感这事,后来我明白了,人们那样做是没有人性的,对了,外国小说里有一个词,是人道,对,人们那样做是不人道的。陈红梅听了后,瞠目结舌!

林木老是在半夜醒来,一醒来就抱着小麦问,那个赵雪天是不是把你祸害啦?小麦说,要祸害也是你把我祸害啦。林木说,为什么?小麦说,你不让我睡觉啊。

后来,陈红梅跟蒋东升见面了。她跟他聊起了小麦。她说,多亏自己撤出来了,不然,她哪是小麦的对手?她还说,没念过书的人,看起来像一本深奥的书;念过书的人,看起来像一张浅薄的纸。蒋东升把这话转述给了小麦,小麦念叨了好几遍,最后说,不明白,弄不明白。

林丛不务正业,上班吊儿郎当,下班就去会狐朋狗友。他脑子好使,但不钻研岗位技术,每天琢磨怎么开锁,不管什么样的锁,他捅鼓几下就开了。他还招收了徒弟,听起来都有点可笑。后来,他还被徒弟们请到一个什么公司去给人家讲课,专门传授开锁经验。没承想,这个公司是个小偷团伙,偷了好多大楼,还偷了公安局。后来,小偷团伙被一网打尽,由此牵出林丛。他被拘留了。

小麦几乎拿出了所有的积蓄,才把林丛捞出来。妈妈求爷爷告奶奶,制锁厂才没把林丛开除。小麦对林丛说,我最后捞你一次,以后出了事你自己捞去。

过了不到半年,小溪又有了新的男朋友,叫高波,是同事给她介绍的。高波在中科院工作,是个硕士,搞磁场研究的。高波蔫不唧的,平时不怎么说话,但一开口还挺幽默。他喜欢文学。离过一次婚。小溪认为,一个搞磁场的又喜欢文学的人一定很可爱。不久,两个人就如胶似漆了。小麦是记吃不记打,又站出来管闲事,劝小溪三思三思再三思。小溪这次对小麦态度很好,还第一次叫了她大嫂。一声大嫂把小麦叫得都哽咽了。小溪说,大嫂,我知道你怕我再次受到伤害,可是我管不住自己,我一个人待不了三天,我必须有个人爱着,我必须爱一个人,不然,我这条河就干枯了。小麦说,那你就去吧,看着你流淌,大嫂也高兴。

林海也大学毕业了,分配到一个研究所工作,跟一个叫飞鹤的娇小女孩儿结了婚。他老觉着所有的男人都不怀好意地盯着他的小飞鹤,因此把她看得倍儿紧,就怕一眼照不到,她就扑棱棱地飞了。反正他也不坐班,有的是时间。有时候,需要出差了,他就给大嫂打个电话,请大嫂帮着照顾飞鹤。

小路也要参加高考了。坐公车从她的学校去小麦的餐馆特方便,因此她午饭和晚饭就都在餐馆里吃。有时同学过生日,也来餐馆聚会。不管什么时候,她吃完了一抹嘴巴,拍屁股就走人。高兴了,就说一句:大嫂,你给我记上账,等我挣了工资还你!妈妈反倒对小麦有意见,因为小麦的破餐馆闹得都没人回家吃饭了。其实,小麦逐渐成了家庭的中心人物,这是妈妈最不愿意看到的。妈妈最后的几年,跟小麦的主要矛盾也在于此。

小麦还是经常给公公买烟,可是公公明显地抽得少了。有一次,公公主动要求小麦陪他多聊一会儿。小麦就问公公,爸,您为什么一辈子就抽一根烟呢?公公说,一开始抽的时候,是为了节约、省钱,后来就养成了习惯。从躺在床上那天起,我就一直想,到底能坚持到哪一天呢?如果哪天一觉醒来,我把枕边这烟头丢了,或者不想再续了,那就说明我离死不远了。公公把小麦说得心里一惊。

生活好不容易趋于平淡了,林木又出事了。并且还是大事,还让爸爸为此丧了老命。此时,是公元1989年的年底。

事情是这样的。林木班里的几个学生在街上目睹两个警察殴打一个农民工,他们上前制止,与警察发生了冲突,一个警察的头被打破,几个学生被捕。有一个女学生回校报信,结果中文系的学生围攻了区公安局。事件升级为聚众闹事,所有的学生都被抓了。作为班主任的林木在学生围攻区公安局时也在场。后来,看着矛盾激化了,他就溜了。事后调查时,林木为了保全自己,竟然保持了沉默。躺在床上的爸爸知道了此事,当场从腔子里喷出了一口鲜血。"文革"期间,爸爸因为替一个学生讲了一句公道话,被打成右派,又不忍其他学生对他的侮辱而跳楼,落个了终身生不如死。自己的儿子,也是大学的老师,在学生受难时弃之而不顾,这无异于拿刀子扎了爸爸的心。

爸爸被救护车拉到了医院。

林木承受着来自各方面的压力。他实在羞于见人,就整日躲在小麦的餐馆里,惶惶如丧家之犬。当时,正赶上文人下海最热闹的时候。林木躲了一个月,扛不住了,决定出走海南。林木学校的校长是个爱才的领导,他不忍心看着林木就这么毁了,就在他的停薪留职的报告书上签了字。

小溪跟高波正是最热乎的时候,小路正是学业最忙的时候,爸爸住院后,两个人匆匆地来看了一次,就不见人影儿了。爸爸像所有的父亲一样,他们活着的时候把全部的精力都放在了儿子们身上,一旦大限将至了,才想起女儿们来。爸爸多次问小麦,小溪在干啥呢?小麦知道爸爸是放心不下小溪。小麦就捎话说找小溪和小路来医院商量事儿。小溪和小路到了以后,发现小麦没什么正事,都有些不高兴,闹着要走。小麦就想办法把话头儿引到了她俩小时候爸爸更喜欢谁的问题上。小溪说,小时候爸爸老背小路,一次都不背我。小路说,我小时候,你都多大了?还要人背,羞不羞!小溪说,我小时候的玩具就是林海,而小路的玩具都是布娃娃。小路说,妈妈说了,你从小就喜欢男的,所以给你弄个活的玩。小溪说,我的衣服都是林木和林丛他们穿剩下的,小路穿的都是花衣服。小路说,那是因为我长得漂亮,所以爸爸喜欢我。小溪说,我高中毕业就工作了,连个正经大学都没上过,书都让你念了。小路说,那都是因为你太笨了,让你考你也考不上。小溪被说急了,就和小路动起手来了。小麦看了看爸爸,悄悄地躲到走廊上去了。

小溪被打败了。小溪让爸爸评理,爸爸却一边咳嗽一边笑了。

在一个夜深人静的夜晚,林木偷偷来到爸爸的病床前。小麦也许是太劳累了,趴在床边睡得很死。林木跪在爸爸面前,悔恨不已,掩面而泣。迷迷糊糊的爸爸感觉到他来了,却装作已沉睡的样子。

林木给小麦留了一封信。后来我们知道了,他在信上说,要出去散散心,三年后回来。

林木背着包悄悄地走了。

爸爸睁开眼,老泪纵横。他毅然决然地拔掉了鼻孔里的输氧管。

爸爸的床头有一个几乎是被碾碎了的烟头。

小麦在公公的灵前哭得死去活来。她的哭声,时而高亢时而低沉,时而撕心裂肺时而婉转悠扬,时而像大河奔流时而像小溪潺潺。她那是在哭公公也是在哭自己。她把对这个她尊敬的老人的情感和这些年自己内心积下的郁闷都毫无保留地喷张出来了。自从来到这个家,她跟公公说过的话加起来也不会超过她平均一天说的话,但她早就把公公当成了自己的亲爹。

然而,其他人脸上都挂不住了,林丛和刘雅致反应最强烈。刘雅致认为小麦哭错坟头儿了。大家七手八脚地把小麦拖走了。

林丛指责小麦陪床时睡觉,爸爸死了她都不知道;小溪指责小麦连男人都看不住,如今,爸爸死了,都不知道去哪儿找林木。林海站出来说,你们是没在病床前睡觉,可你们在家睡大觉呢,爸爸在医院躺了一个多月,哪天晚上不是大嫂陪的,你们还有脸在这儿说三道四!爸爸要是在地下知道你们现在这样,他能安心吗!

爸爸的灵魂这才得以安息!

婆婆从悲痛中苏醒过来,她把丧夫和丢子的账都算到了小麦的头上。她不接小麦的电话,还不许其他人与小麦来往,让林丛把家门上的锁也换了。小麦连续在门外蹲了好多天后,婆婆隔着门对她说,如果不是你,林木不会落到今天这个地步,都是你把他毁了,你走吧,从现在起,我跟你没有任何关系!

小麦这种人不怕快刀子,快刀子下去,是死是活,它是痛快的。她就怕婆婆的软刀子,软刀子一点一点地拉,它不要你命,但要你的魂儿。

娘已经回老家了。小麦除了打理餐馆就是照顾两个孩子,平时连个说话的人都没啦。她开始成宿成宿地睡不着觉。特别是到了后半夜,就像有几万条虫子在脑子里爬,真是痛不欲生。她也开始四处看病,餐馆挣了点钱,都买药了。后来,她跟林海交流经验时说,多亏她没念过多少书,知识分子的失眠她也受不了,一旦得了失眠症,还不如去死呢!

蒋东升突然出现在小麦的餐馆时,小麦的失眠症已经得到了一定程度的遏制。她跟蒋东升的再次重逢好像是上天安排的。头一天夜里,她还梦见了知青点,第二天晚上就见到了蒋东升。要在平时,小麦早就回家了,那一天,她就想在餐馆里再坐坐。刚泡了一杯茶,蒋东升就进来了。

时隔十多年后,小麦和蒋东升几乎都在第一时间认出了对方!

小麦大手丫子一挥,首先讲述了她的情况。讲了有一个小时,才问蒋东升饿了没有。

蒋东升一边吃着面条,一边讲述了他这些年的情况。他去食品厂工作不久,娶了一个病歪歪的老婆,生了一个儿子。他一开始伺候老婆,老婆前年死了。现在妈妈又卧床了,他又开始伺候妈妈。食品厂离家太远,又三天两头发不出工资,他干脆辞了工作,打零工。他今天就去给人家刷房子去了,干了一天活,累了,路过这个餐馆,想吃点东西,就进来了。没想到这个餐馆是小麦开的。

蒋东升一共才讲了五分钟。小麦问,没了?蒋东升说,没了。小麦说,这就是你这些年的生活?蒋东升说,是啊。小麦说,你变了。蒋东升有些茫然地说,是吗?

小麦最近正琢磨着找个可靠的人帮助她打理餐馆,她好抽出时间来照顾两个孩子。因为眼瞅着丫丫就要上高中、小小就要上小学了。

就这样,蒋东升留在了小麦的餐馆里。

自从蒋东升再次出现在小麦的生活后,她又恢复了原来的品性,能说能笑能吃了,失眠症也彻底好了。她还准备扩大店面,已经看了餐馆附近几处要出售的房子。她还想在老家大烩菜品牌的基础上,办一个人民公社大食堂。这个主意得到了蒋东升的支持。

小麦又信心百倍地开始了新的生活。

两个月后,蒋东升突然问起了林木。小麦怔了一下,笑着说,离家出走了。蒋东升也不好再问了。

一天下午,刘雅致突然来到餐馆。餐馆当时还没营业。她疯狂地把桌上的碗碟摔了一溜够,喊叫着让小麦出来见她。有员工给小麦打了传呼。小麦匆匆忙忙地赶了回来。刘雅致对小麦说,听说你有了个相好的,把他叫出来我看看!另外,我是代表全家人来通知你的,今天晚上在妈那儿开会,解决你乱搞的事,你要回去开会,你不回去也没关系,我们照样会商量怎么处置你的!

刘雅致发泄完了。小麦问她,吃饭了没有?刘雅致说,为了调查你的事,我都两天没吃东西了。小麦让厨房赶紧准备饭菜。刘雅致扫荡一番走了。

厨房的一个老大姐问小麦,你怎么不把她赶走?小麦却没头没脑地说,我都三个月没见到家里人啦。

过了几天,刘雅致又跑来了。这次不是来处置小麦的,而是来请求小麦帮她处置林丛的。原来,喜欢开锁的林丛把厂里一个女工身上的"锁"开了——跟人家上了床,还是在刘雅致的床上。刘雅致怎么能忍下这口气!

小麦又让厨房炒了菜。小麦陪刘雅致喝酒喝到夜里十一点。小麦给林丛打了电话。林丛过来把喝得烂醉如泥的刘雅致弄走了。林丛出门时,小麦问他,丫丫奶奶最近怎么样。林丛说,我也好长时间没回家了。

又一天深夜,熟睡中的小麦被电话铃吵醒了。她拿起听筒,对方不说话,只是大口大口喘着粗气。小麦感觉到可能是婆婆出事了,爬起来就往婆婆家跑。

婆婆得了脑溢血,导致了偏瘫。出事的那个夜里,她突然醒来,感到头晕,想起床拿药,不知怎么身子就不听使唤了,她勉强开了灯,拨通了小麦的电话,接着,脑子瞬间就没了意识……

在医院住了半个月,婆婆的病情得到了控制,也能讲话了,只是没有以前利落了。继公公之后,婆婆也将终身瘫痪在床。这也许就是小麦的命。

小麦给婆婆雇了一个不住家的保姆。她每天夜里下班后过去看看婆婆再回家。一天,林海偷偷跟小麦说,他想搬出去住。小麦知道那是飞鹤的主意。自从婆婆卧床以后,脾气大了,老骂人。更主要的是,屋里的气味也变了。林海和飞鹤早就忍受不了啦。小麦想了一下,答应了林海。小麦领着小小又住了回来。

当天夜里,婆婆把小麦叫醒。小麦去了婆婆的房间,婆婆又说没事了。小麦有些不高兴,她也累了一天,正困着呢。刚要走的时候,一股刺鼻的气味让她彻底清醒了。小麦问婆婆,你是不是拉到床上了?婆婆矢口否认说,小阿姨下午帮我上过厕所了,真有你的,我一个大学老师还能拉到床上!小麦掀开婆婆的被子一看,屎尿已经在她屁股底下和泥了!

小麦给婆婆擦完洗完,已没了睡意。她恶心得要吐。她去楼道里的杂物堆上一直坐到了天亮。

儿女的逃离,已经让婆婆脸面丢尽;多年来,婆婆对小麦怎么样,婆婆心里比谁都清楚,卧床了还需要小麦来伺候,对婆婆来说,已经有点不要脸了;现在又让小麦看见自己在床上拉屎,婆婆一生所积累的教养和自尊都荡然无存了。

人到这个时候,已经不把自己当人了。小麦给婆婆擦身子时,婆婆铁青着脸,像个死人一样。

而婆婆以前是个多么要强的人啊!

小麦想着怎么帮帮婆婆。可她又没有办法。她心如刀绞。她甚至把自己的嘴唇都咬破了。

因为长期瘫痪在床,婆婆也通晓了人之常情。婆婆重新认识了小麦,小麦也重新认识了婆婆。婆婆和小麦的关系进而也重新确立。有时候,婆婆看着看着小麦,就把她视为己出了。这对婆婆来说,是幸还是不幸,只有婆婆自己知道。但对小麦来说,这肯定是幸事了。因为,她再也不用管婆婆叫杨老师了。

一天夜里,婆婆把小麦叫到床边,小声对她说,这林木跑了快三年了,音信皆无,是死是活都不知道,要不你就把蒋东升找上算了,我听林木说二十年前他就喜欢你!实在不成,那个小点的赵雪天也行啊!小麦一听就火了,说,你要再敢胡说八道,我就不管你了!

其实,婆婆是有点试探小麦的意思。

婆婆噤声了很长一段时间。但她脸上的死人颜色却在逐渐地消褪。

在一个夜深人静的夜晚,林木又悄悄地回来了。那天夜里,小麦爬起来准备去厕所,却发现过道上站着一个黑影儿。小麦以为遇见鬼了,吓得"妈呀"一声。黑影儿说话了,别喊,是我。

原来是林木回来了。

小麦问,你怎么进来的?林木说,门没锁。小麦说,我怎么可能没锁门?林木说,三年前的今天,我走了。我知道,你是给我留了门。小麦说,我给你留门?我还给你留了条命!小麦把林木拽进屋里,关上门,把他按倒在地,把他裤子扒了,拿起皮带就抽。林木不喊不叫,任凭小麦鞭笞。

"啪啪啪"的抽打声吵醒了小小。他惊恐地看着妈妈和那个被打的陌生人。小麦把小小抱到婆婆的屋里去,回来继续抽,直到林木的屁股血肉模糊!

林木在床上躺了半个月。爬起来那天正好是小麦的人民公社大食堂隆重开业的日子。小麦用别出心裁的方式欢迎云游四方的男人回家了。

林木又回学校去上班了。他运气还挺好,回来就赶上了分房子。他分到了一套六十多平方米的一居室。小麦张罗着装修,很快搬了家。林木终于有了自己梦寐以求的书房。他一头扎进书房,放言要写小说了。他要把这几年在海南的经历写成一部长篇小说。他预言,他的小说将是一部震撼人心、深入骨髓的力作。

可是,林木在书房里憋了一个星期,还是一个字没写出来。他仿佛心里长草了,屁股长疖子了,哪儿还坐得住?他一头钻进了小麦的饭店。他每天跟在小麦的屁股后面,好像有话要说。跟了一个星期,他终于说话了:他在海南欠了人家八万块钱,他是偷着跑回来的,人家已经追到北京来了。林木差点给小麦跪下了,说,小麦,只要你先替我把钱还上,我这辈子给你当牛作马都行!

小麦拿出了几乎所有的积蓄,替林木还了债。

林木没有给小麦当牛作马,还是继续当他的副教授去了。他又甩开膀子弄项目、搞课题,还削尖脑袋当了"硕导"。这些东西到手了,他又觉着没劲儿啦。又牢骚满腹、不满现状了。他对小麦说,通过这些年的磨炼,我觉着我还是适合去搞实业。当时,她正着手在三元桥附近开第二家店,她就决定让他来管理。去工商局办手续时,他又对她说,我挺大个大老爷们儿给你打工,说起来怎么也有点不好听,再者说,我要是有家自己的店,也很快就会振作起来的。于是,他又成了第二家店的法人代表。

刚开始,林木工作得很起劲儿。前几个月,饭店的效益也不错。不久,他自以为是、好大喜功的毛病又显露出来。事无巨细,全由他说了算。他还不顾实际情况,急于开连锁店。还弄了个草台班子在店里唱什么"文革"歌曲。客人只要交二十块钱,就可以在店里随便贴大字报。小麦说,你的书都白念啦,这不是作死吗你?可是林木像着了魔一样,怎么拦都拦不住。小麦只好让林丛找了几个狐朋狗友假扮成工商局的人,对林木一阵吓唬,然后又"罚了款",一场闹剧才被禁演。不然的话,会酿出什么乱子来都不知道。

林丛竟然把"罚来的款"交给了小麦。这让小麦感到十分意外。

林丛和刘雅致相继下岗。两个人四处打野食,今天去倒票,明天给旅店拉客,饥一顿饱一顿的。因为穷得屁股眼儿挂铃铛,肝火旺,谁看谁都不顺眼,动辄干仗,彼此各有胜负,轮流挂彩。林丛还好办,可以时不时到妈妈、小溪那儿开开荤,实在不行就去小麦那儿溜溜,问问有没有什么活儿他可以帮着干干,顺便也吃顿饱饭。可刘雅致就不成了,经常挨饿。她在这个时候,表现出了她的家族所特有的强悍,绝不吃嗟来之食,哪怕饿肚皮。

小溪给刘雅致和林丛出主意,让他们一个发挥身体强壮的优点去商场门口掌鞋,另一个发挥溜门撬锁的特长去菜市场边上修锁配钥匙。后来林丛和刘雅致自己换了个个儿。林丛去商场门口掌鞋,刘雅致去菜市场边上修锁配钥匙了。林丛每天蹲在商场门口见人买了皮鞋就追着问,钉个掌儿怎么样?林丛得到的几乎都是白眼儿。林丛的生意不好,就去跟小麦说了。小麦说,你可真笨,那商场门口不是楼梯就是斜坡,你弄点蜡一打,那些穿高跟鞋的女人保准打滑,一打滑,鞋跟儿就崴了,生意就来了。

林丛回去一试,这一招还真灵,生意果然好了。把他乐得屁眼儿的褶子都开了。可是不久,被商场发现了,差点被人家扭送到公安局去。

林丛和刘雅致被社会和家庭抛弃了两年后,小麦觉着是时候了,该管管他们啦。小麦派人领林丛和刘雅致去泡了澡,理了发,买了新衣服,然后又把他们请到饭店的豪华雅间。面对丰盛的饭菜,林丛和刘雅致却没任何食欲。小麦打破僵局说,我真心请二弟和弟媳来给我帮忙,二弟负责饭店的保安组,月薪两千五百元,弟媳负责饭店的卫生组,月薪两千元。林丛和刘雅致一时没反应过来,愣了半天。小麦起身要走。刘雅致这才如梦方醒,说,我俩这么不争气,你还管我们!小麦说,林丛当年也是给家里作过大贡献的。林丛说,什么贡献?小麦说,为了供林木念书,你都放弃了自己考大学的机会。林丛说,大嫂,你就别讽刺我了,就我那点水平,让我考二十年我也考不上。小麦说,那你怎么不早说啊,我这内心整整歉疚了二十年!林丛说,你什么不明白啊,你那是大智若愚!小麦说,那就不说贡献的事了,就凭你俩这几年的表现,我也得请你们过来。刘雅致说,还表现呢,就差要饭了。小麦说,下岗也不是什么丢人的事,这是大趋势,国家再也不会养闲人、养懒人了。你们没去偷没去抢没去骗,就没给爸妈丢脸。你们能有这个志气,以后就错不了。好好帮我,以后饭店还有你们的股份。好好干吧,日子会好的!

林丛和刘雅致被小麦说得也动了情。两个人抱在一起痛哭流涕。

不到两年的工夫,林木就开了三家分店。可是管理跟不上,三家分店都经营不善,不得不先后关门,因为资金的问题,还影响了总店的生意。小麦把自己店的经理派给林木去挽回局面。还假借他人之手,收购了林木的几家分店。林木死要面子,不愿意承认自己连小麦都不如,还要死扛。林木一疑神疑鬼,就弄得小麦反倒像做了贼一般。好在,林木总算渡过了难关。

林木是狗改不了吃屎。又喜欢上了自己的一个女研究生,或者是被自己的一个女研究生喜欢上了。反正两个人是好上了。两个人一块儿去唱卡拉OK、去蹦迪、去英语角。据说还去了爱情角。这事是小路先知道的,那个女研究生是小路同学的同学。小路知道了,就告诉小溪了。

小溪这一次坚决地站在了小麦的一边。小溪甚至对小麦说,你干脆跟他离了算了,这样的男人要他干吗?要是我的话,十次婚我都跟他离了!小麦说,不管怎么样,我这次无论如何得跟他谈一谈了。

林木默认了自己跟女研究生的关系。但他同时决绝地对小麦说,我跟她没什么实质的事。小麦说,我不管你是精神恋还是物质恋,这次我绝对不能由着你了,不然,我成什么了?你要是还要这个家,就跟她断了。你要是舍不得她,我给你自由!林木说,我得好好考虑考虑!小麦说,好,我给你一年的时间,你好好考虑去!

从两个人谈话的那一天起,小麦和林木正式分居。小麦跟婆婆住,林木住他学校的房子。这时,小麦已经张罗着买商品房了。

林木的疑心越来越重,终于有一天又把自己琢磨出病来了。

林木在学校体检的时候,胃里查出了一个阴影。林木怀疑自己胃里长了瘤,四处求医看病。所有的医院都说不是瘤,但又不知道是什么东西。小麦也怕林木有个三长两短,就拿着片子到处找专家咨询。一个少年时代有过特殊经历的专家大胆推测,是不是病人小的时候不小心吞过什么金属一类的东西。小麦赶紧回去让婆婆回忆。婆婆终于想起来了,林木八岁的时候,偷了家里一枚五分钱的硬币,婆婆扬言要打死他,让他交出来。可是林木至死不承认是他偷了。那枚五分钱的硬币最后也没找到。此事也就不了了之。

婆婆现在也有了一个大胆的推测。

林木被召回来。一顿询问,林木想起来了,那五分钱还真是让他给吞下去了!

林木胃里的瘤子完全是虚惊一场。

林木终于明白,他根本离不开小麦。其实,在分居的第二天,他就后悔了。他早就想搬回来住了。无奈,没有合适的机会。借着所谓的得病的由子,他就觍着脸跟小麦说了。小麦说,一年的期限还不到一半呢,你先在外面凉快着吧。

四个月后,小麦领着丫丫和小小住进了新房子。因为丫丫要高考了,小麦就没把婆婆接过去。林丛和刘雅致主动要求先回去跟妈妈住。

一天,小麦的饭店有婚宴,林丛和刘雅致都回不了家。夜里,小溪和小路一块儿去陪妈妈。她们说了好多话。妈妈跟她们讲了好多她们小时候的事。突然,从衣柜底下跑出来一只耗子,大摇大摆地来到床头,瞪着小绿豆眼看着小溪、小路和妈妈。小溪、小路吓得惊叫着躲到妈妈的身后。

耗子又大摇大摆地回到衣柜底下去了。

这一夜,娘儿仨挤在一起,战战兢兢,不敢入睡。她们瞅了一宿房顶。

天蒙蒙亮时,娘说,要是小麦在就好了,她野蛮,她胆大,她浑不吝,她敢一脚踩死它!

妈妈说完这句话就昏昏沉沉地睡了过去。早晨,小麦回来时,发现婆婆已经快不行了。

临终前,婆婆从枕头底下拿出一张纸,那是她刚刚让小溪给小麦办好的北京户口。这实在是一张迟来的纸。尽管这样,它对小麦的意义已经完全超出了这一张纸本身所具有的功能。

小麦在婆婆面前欲哭无泪。

妈妈死后,林丛和刘雅致就留在了爸妈的老房子里。爸妈活着的时候,一家人周末和节假日回爸妈那儿,现在爸妈都去了,一家人周末和节假日就去小麦那儿。只是,缺了林木。很少有人在小麦面前提起他,他真成了孤家寡人啦。有一次,小溪对小麦说,你干脆跟林木离了跟蒋东升一块儿过算了。小麦一下子火了,说,给我滚一边儿去!

十年后,高波在一次车祸中意外身亡。高波的死,几乎要了小溪的命。小麦心疼这个妹妹,一个接一个地给她介绍男朋友,为的是让她从死胡同里走出来。然而,这回小溪的心是真的死了。每次跟男人见面,就一句话不说,直到把男人看得溜之大吉。

小麦对小溪是没辙儿啦。

小麦把饭店丢给林丛管理,她拉着小溪去了她的老家。在小西沟住了半个月,小溪果然心情好了,也开始说话了。回北京的前一天,小麦领着小溪去半拉山看了一个人,确切地说,去看了一座坟。

那座坟在半拉山的半山腰上,坟里埋着的是王干。坟头去年刚添了土,杂草正茂。

林木留给王干的口琴还在坟前。只不过已经锈迹斑斑了。

山下的河流像缎子一般蜿蜒而去。

小麦给小溪讲了她跟王干的故事。

小溪听了后,眼里有水了,有雾了。她看着远方说,你说的这个人我见过,我在哪儿见过。小麦说,在小说里还是在电影里?小溪说,也许在梦里,反正我见过。

小溪说完了,就抱着小麦"呜呜"地哭。这是高波死了以后,她第一次这么酣畅淋漓地哭。

小溪对小麦说,我真的好羡慕你,这儿还有这么一个人爱着你,他用一座山的高度,用一条河的长度,来爱着你。他在这儿整整爱了你三十年了,我说你怎么每天在北京那么高兴呢!

小麦说,是啊,现在想想,能用三十年的时间去爱一个人是一件多么好的事,不管是在天堂还是在人间,用三十年的时间去爱一个人都是一件幸福的事!